Prolog

Mein stets wiederkehrender Traum... er war so real, so furchtbar real... es war als könnte ich Geoffrey fassen, ihn berühren. Sein geliebtes Gesicht war so dicht vor mir. Seine wunderschön geformten Lippen berührten mich fast und hauchten einen Kuss auf meine Tränennassen Wangen. Meine Hände fuhren in die Höhe, bemüht, sein Gesicht zu streicheln, und doch wusste ich im Unterbewusstsein, er war nicht hier... Ich griff ins Leere.

Er konnte ja nicht hier sein... Geoffrey war so furchtbar weit weg... Die halbe Welt lag zwischen uns. Er verblasste, ich seufzte enttäuscht und schlief weiter tief...

„Liebes, ich brauche dich! Du musst zum Kloster fahren und Lisa und Timothy helfen! Die Kinder... sie sind in Gefahr... fahre zum Kloster, schnell!" Ich hörte jetzt Geoffreys Stimme, sie drang durch den Nebel meines Schlafes, sie schaffte es in mein Gehirn, in meine Seele. Es war das erste Mal, dass er im Traum mit mir sprach... „Geoffrey?" fragte ich schlaftrunken. Er war hier? Meine Hände fuhren wieder im Schlaf umher, griffen ins Leere. Ich konnte seine Stimme klar und deutlich hören... doch er war nicht hier. „Liebes, die Kinder. Sie sind ganz allein. Sie brauchen dich! Fahre hin!"

Ich schrak hoch, war hellwach. Er hatte mit mir gesprochen...Geoffrey hatte mir eine Nachricht zukommen lassen können. Er war in Russland, ich wusste es, doch irgendwie hatte er es geschafft, mich zu informieren... Die Nachricht war ihm so wichtig gewesen, dass er es irgendwie geschafft hatte, sie um die halbe Welt zu senden. Wieder konnte ich sein Gesicht erkennen, er lächelte, doch es war ein verlorenes, trauriges Lächeln. Seine Lippen formten einen Kuss. Dann verblasste er und war fort. Ich lag die restliche Nacht wach und grübelte. Warum war er so traurig gewesen? Wie groß waren seine Probleme? Was war mit den Kindern? Warum meldete sich niemand bei mir?

Eines war mir vollkommen klar: Ich musste dringend zum Kloster...

1.Kapitel

„Etwas stimmt im Kloster nicht, das spüre ich!", sagte ich und sah Susan und Nick besorgt an. „Weder Elsa noch Mirow sind erreichbar! Ich muss dahin. Entweder mit oder ohne euch!"
Wir standen in meinem Zimmer in unserem Haus an der Universität und ich packte meine Sachen...
Wütend warf ich einige Kleidungsstücke in meinen Rucksack und überprüfte, ob ich nichts vergessen hatte. Susan und Nick, meine besten Freunde... meine Familie, standen neben mir und sahen besorgt zu. Beide sahen sich schweigend an und zuckten mit den Schultern. „Geoffrey sagte, die Kinder seien in Gefahr." bekräftigte ich meine Aussage.

„Süße, wir stecken mitten in den Prüfungen. Es wäre sehr schlecht, jetzt wegzufahren." widersprach Nick endlich und versuchte, mich dazu zu bringen, mich endlich mal einen Moment zu setzen. Seit ich heute Morgen wach geworden war, wusste ich, es war etwas Schreckliches passiert. Seitdem rannte ich nervös und ziellos durch das Haus und hatte beide dabei geweckt.
Seit einigen Nächten wurde ich von Albträumen geplagt, und jeder dieser Träume hatte mit Geoffrey zu tun, Dieser, in der letzten Nacht, war so klar und deutlich gewesen, dass ich wusste, meine Leute im Kloster brauchten mich dringend.
„Geoffrey hat mich heute Nacht besucht." sagte ich und weinte fast dabei. „Geoffrey war hier?" fragte Susan, meine beste Freundin, meine Schwester des Herzens. Endlich brach sie ihr Schweigen und setzte sich neben mich.
„In meinem Traum nur, leider. Aber er sagte mir, dass er und alle anderen in Gefahr sind. Ich soll umgehend zum Kloster aufbrechen." Wieder stopfte ich einige Sachen in den Rucksack, der mir in den letzten Monaten bereits sehr gute Dienste geleistet hatte. „Ich habe mit meinem Professor gesprochen und er hat mich für drei Wochen beurlaubt... er

rechnet eh nicht damit dass ich die Prüfungen schaffe, da ändern drei Wochen auch nichts!"

Susan sah ihren Verlobten Nick an, beide zuckten mit den Schultern.

„Ihr könnt mir ja folgen... in vier Tagen seid ihr mit allem durch. Ich jedenfalls werde jetzt fahren." sagte ich wieder. „Geoffrey hat mich gerufen, es muss also wichtig sein!" Ich schnappte mir die Schlüssel des kleinen Fiats und trug meinen Rucksack zur Tür. Susan seufzte leise.

„Du willst mit dem Fiat 500er zum Kloster? Den ganzen Weg?" Zweifelnd sah sie ihren Verlobten an.

„Na und? Bin doch alleine unterwegs, da brauche ich keinen großen Wagen!" sagte ich trotzig und schob meine Unterlippe vor, etwas, dass bei Susan bislang immer zog, um sie gefügig zu machen. Und richtig...

„Halte sie auf, Nick, ich gehe telefonieren. Sie bringt sich mit dem Auto um. Du weißt wie sie damit fährt! Und dann den ganzen Weg zum Kloster? Ich mein, es stört ja nicht, wenn sie stirbt, aber es verzögert alles!" sagte Susan dann auch, und nur unter Mühe konnte ich ein Grinsen unterdrücken. Wie gut ich meine Susan doch kannte...

„Okay, also Mary, Schlüssel her!" forderte Nick und versuchte möglichst autoritär zu wirken. Ich schmunzelte. Es wäre eine Kleinigkeit für mich, ihn zu überwältigen, doch das wollte ich ja gar nicht..

Nick fuhr sich mit den Fingern durch die Haare... ebenso wie Geoffrey es immer tat, warum taten das die Männer in meiner Gegenwart eigentlich immer? Ich hatte absolut keine Ahnung. Irgendwann, so schwor ich mir, würde ich das mal ergründen...

Wieder hielt Nick mir seine Hand hin... „Bitte Mary!"

Er und Susan würden mich nicht allein lassen, so wie immer. Ich hatte meinen Willen durchgesetzt. Zufrieden reichte ich ihm die Schlüssel für das kleine Auto, welches ich mir letzten Monat gekauft hatte um einige Termine zu erledigen, die selbst den Beiden nichts angingen.

Eine Stunde später saßen wir drei in unserem Jeep und fuhren aus der Stadt, Richtung Süden. Wir waren auf dem Weg zum Kloster...

Immer noch war ich in Gedanken bei meinem merkwürdigen Traum. Geoffrey war in meinem Traum gefangen gewesen. Er war in einem Gefängnis gewesen, saß hinter Gittern und hielt seine Hände gefaltet auf seinem Muttermal. „Süße, du musst den anderen helfen, sie brauchen dich! Mutter und Vater, die Kinder sind in Gefahr. Nur du kannst ihnen helfen." Es war das erste Mal, dass er so in Sorge gewesen war, dass er die Verbindung mit mir aufnahm... In meinen Träumen hatte bislang immer ich ihn besuchen können, er mich nie.

Durch unsere weite Entfernung lebten wir zwei unterschiedliche Leben, er schlief, während ich in der Uni saß und eigentlich lernen sollte, ich schlief, während er um den Bestand des Klosters kämpfte.

Geoffrey war nun bereits fast drei Monate in Europa... drei unendlich lange Monate. Wie sehr er mir fehlte... wie sehr ich ihn gerade jetzt brauchte... Doch er war in Russland. Dort musste er sich dem großen Rat der Gemeinschaft stellen... Er hatte ihnen verschwiegen, dass er mich, den letzten Defender gefunden hatte. Hatte ihnen verschwiegen, dass ich es war, der dem Kloster Geld zur Verfügung stellte. Dass ich ihm das Leben gerettet hatte und ihm zum Defender gewandelt hatte... Seit ich wieder in sein Leben getreten war, hatte Geoffrey gegen viele alte Regeln verstoßen, um mich zu schützen...

Und dann war da noch Rina... Katharina Gallinow.

Katharina war eins der höchsten Ratsmitglieder, ihr Wort war fast Gesetz und sie machte ihm das Leben und seine Arbeit dort in Europa extrem schwer, sie sperrte sich gegen alles, was Geoffrey versuchte. Sie versuchte mit allen Mitteln, Geoffrey fern vom Kloster zu halten... fern von mir...

Katharina war früher mit Geoffrey zusammen gewesen, sie hatte sich mehr erhofft, doch seit er mich vor Jahren kennengelernt hatte, hatte er ihr nur noch Freundschaft geboten. Etwas was diese Frau nicht akzeptierte. Immer wieder hatte sie sich in sein Leben gemischt, versucht sich ihm gefügig zu machen. Bis ich mein Geld zu Verfügung gestellt hatte, war sie es gewesen, die über die benötigten Gelder für das Kloster entscheiden durfte. Ein Umstand, den sie reichlich ausnutzt hatte...

Ich hatte sie zu Weihnachten kennengelernt und sie hatte mich vom ersten Augenblick an gehasst. Ihre Eifersucht war grenzenlos gewesen und hatte mir das Leben sehr erschwert. Sie hatte mit allen Mitteln zu verhindern versucht, dass aus Geoffrey und mir ein Paar wurde... Als ich dann starb, hatte sie ihr Glück bei Geoffrey sofort erneut versucht, ohne

Erfolg. Geoffrey hatte mich nicht aufgegeben, er hatte mich gesucht und gefunden. Dann war er bei mir geblieben bis ich wieder gesund gewesen war. Das hatte ihm noch extra Ärger eingebracht, da er ihr nicht umgehend nach Russland hinterher gereist war.

Niemand, außer einer kleinen Anzahl an Menschen wusste nun, dass ich wieder lebte. Katharina gehörte zum Glück nicht dazu, trotzdem wusste sie, Geoffreys Herz gehörte mir., würde mir immer gehören. So sehr sie es auch versuchte, es würde für ihn nie eine andere Frau geben. Niemand konnte uns mehr trennen. Für alle Ewigkeit...
Geoffrey war nun mein Mann. Er gehörte zu mir... auch wenn uns nur eine lange Nacht verbunden hatte, so wussten wir das doch beide... eigentlich hatte ich das bereits seit meinem 15 Lebensjahr gewusst. Damals war Geoffrey Mc. Laine mein Geschichtslehrer geworden und ich hatte mich heftig in ihn verliebt. Er war 9 Jahre älter als ich, ein Umstand, der ihm die dämliche Idee eingebracht hatte, zu alt für mich zu sein.
Nun, jetzt, sechs Jahre später, hatte ich ihn endlich des besseren belehrt.
„Du hast dich in mein Herz geflucht, geschimpft, beleidigt." Hatte er lächelnd zu mir gesagt, damals vor drei Monaten, als wir in seinem Bett gelegen hatten, die letzten Stunden genießend bevor er hatte abreisen müssen um das Kloster zu retten. „Du hast mich geändert, ich liebe dich" Hatte er gesagt... Wie lange hatte ich auf die drei Worte von ihm gewartet. Dann war ich wach geworden, und er war fort gewesen...

„Schlaf etwas, Mary, du musst mich bald ablösen, wenn du wirklich durchfahren willst!" rief mir Nick jetzt zu, ich nickte und schloss meine Augen. Wir würden den ganzen Weg durchfahren, es waren ca. 20 Stunden Fahrt die vor uns lagen. Eigentlich müssten wir eine Pause einlegen, doch etwas zog mich so dermaßen zum Kloster, das jeder Stopp mir an die Nerven ging.

Zum Glück hatte ich tolle Freunde, Freunde wie Susan und Nick, Freunde die nie fragten, sondern einfach halfen...

Wir fuhren oder schliefen, wechselten uns immer wieder ab. Weder Susan noch Nick beklagten sich. Meine Freunde wussten, wie wichtig es mir war, so schnell wie möglich anzukommen... Immer wieder versuchte ich jemanden im Kloster zu erreichen, doch vergebens. Kein Lebenszeichen.. ich war am Verzweifeln.

Knapp zwanzig Stunden später standen wir vor dem alten Kloster... Doch obwohl wir klingelten, riefen und klopften... niemand öffnete, es war auch kein Ton hinter den Mauern zu hören. Susan sah auf ihre Uhr. „Sehr Merkwürdig. Eigentlich müsste hier Lärm herrschen! Es ist Mittagszeit." sagte sie besorgt. Ich nickte. Natürlich hatte Susan recht. Kein Lärm war zu hören, kein Kinderlachen oder Rufen... Wieder klingelte ich, jetzt müsste doch wenigstens der Bewegungsmelder am Tor, eine Neuerung, die ich angeschafft hatte, anschlagen, doch nichts geschah. „Hier stimmt was nicht." sagte Nick. „Ach nee, wäre ich nie drauf gekommen." antwortete ich besorgt. „Ich dachte, die machen alle einen Schulausflug und haben vergessen uns mitzunehmen!"
„Mary, benimm dich!" sagte Susan streng und drückte das große Tor, es war verschlossen. Nichts rührte sich. Das Kloster sah verlassen aus. „Verdammt, was ist hier los?" fragte ich und rief, wieder keine Antwort. Ratlos standen wir vor dem großen schmiedeeisernen Tor.
„Nick, fahr den Jeep an das Tor!" befahl ich schließlich. Er tat um was ich ihn bat, dann sprang ich auf die Haube des Wagens und zog mich am Tor hoch. Ich war schnell drüben, ließ mich in den leeren Innenhof fallen und hob den schweren Riegel vom Tor. Wieder war ich froh über meine enorme Kraft. Dann drückte ich das Tor auf und Nick fuhr den Wagen in den Hof.
Gähnende Leere... Totenstille...
Suchend sahen wir uns um. Niemand war hier. Der sonst so gut gefüllte Innenhof, der immer vom Leben erfüllt gewesen war, lag still und verwaist vor uns. Es war geradezu Gespenstisch ruhig...

„Das ist ja wie eine Szene aus einem Gruselfilm. Einem schlechten Gruselfilm! Wo sind sie alle?" fragte Susan ängstlich, sie fuhr sich unwillkürlich über ihre Oberarme. „Weißt du noch, als Nick und ich das erste Mal hier waren um dich zu holen? Wie viele Kinder hier waren?" Ihre

Stimme zitterte, ihre Angst war zum Greifen nah.

Ich nickte, immer noch überlegte ich, was hier passiert sein könnte. Auch ich machte mir furchtbare Sorgen. Wo waren alle? Was war hier los? Ich musste unbedingt herausfinden, was hier passiert war.

„Wir müssen uns umsehen. Irgendjemand muss doch noch hier sein!" sagte ich laut, fast befehlend. „Wir müssen alle Räume absuchen."

„Aber ja nicht aufteilen" bat Susan schnell. „Ich gehe nicht alleine!" Sie klammerte sich an meinen Arm und zitterte.

Ich seufzte und nickte. So würde es zwar länger dauern, aber ich verstand dass meine beste Freundin furchtbare Angst hatte. Mir war ja selber mulmig zu mute. Wo nur waren die Menschen, all die Menschen die meine Familie geworden waren?

Wir gingen in die verschiedenen Häuser und suchten nach Hinweisen, doch alle Räume waren verlassen. Überall sah es nach Chaos, hastigen Aufbruch, nach Hektik und Flucht aus... Was war hier nur geschehen? Nach drei Stunden Suche standen wir erneut im Innenhof und sahen uns ratlos an. Das Kloster war verlassen. Was war hier nur geschehen?

„Verdammt! Was sollen wir nur machen? Es gibt keinerlei Hinweise, was passiert ist..." fragte ich gerade, als ich Tom über den Hof auf uns zukommen sah, hinter ihm lief Herkules, laut bellend, freudig. „Die Tiere!" rief Susan überrascht. Ich nickte und lief dem Kater entgegen und hob ihn hoch. „Was ist hier los, alter Freund?" fragte ich das Tier, das leise miauend herunter gelassen werden wollte. Ich strich dem Hund über dem Kopf und beide Tiere liefen wieder in eins der alten Gebäude und verschwanden die Treppe hinunter.

„Die Krypta!" flüsterte ich, während wir den Tieren folgten. Die alte Krypta der Raum mit dem ich so viele Erinnerungen verbannt. Warum hatte ich nicht früher daran gedacht? Was hatte ich dort alles erlebt. Dort hatte ich mich von Susan töten lassen um Geoffrey das Leben zu retten... Dort hatte Geoffrey um mich getrauert, als er glaubte ich sei verloren...

Wir standen vor der schweren Eichentür, der Hund kratzte und bellte hektisch. Nichts geschah. „Hallo?" rief ich laut... "Hallo hier ist die Kavallerie! Hier sind Mary, Susan und Nick!"

Die Tür wurde einen winzigen Spalt geöffnet und ich erkannte das schmale Gesicht von Judy. Einer der Schülerinnen, die ich im letzten Sommer hier kennen und lieben gelernt hatte. Judy schrie erleichtert auf, als sie mich und Susan und Nick erkannte. Sie riss die Tür auf und fiel uns glücklich um den Hals. Sie weinte und schluchzte, ich verstand kein Wort von dem was sie uns sagen wollte. Die Worte sprudelten aus ihr heraus. Erleichtert uns zu sehen...

„Mary? Bist du es wirklich?" hörte ich eine leise, verschlafene Kinderstimme aus einer der Ecken und rannte in den Raum um Lisa und Timothy zu umarmen. Meine Kinder. Meine beiden Kleinen... Ich lachte und weinte. Was immer hier passiert war, die beiden waren gesund und jetzt, da ich hier war, in Sicherheit.

„Oh Mary!" flüsterte Lisa. „Wir haben so auf dich gewartet! Es war ganz schrecklich. Wenn Judy nicht gewesen wäre, hätten sie Timothy und mich auch von hier weggebracht!" Lisas kleine Stimme überschlug sich beim Reden. „Diese Männer waren alle so böse, sie haben die Kinder gefangen und weggebracht. Es war ganz schrecklich!"

„Ich bin ja jetzt hier. Niemand wird euch etwas tun." Ich strich dem Kind beruhigend über den Rücken, während ich Timothy in meinem anderen Arm an mich drückte.

„Was ist passiert?" fragte ich Judy. „Was war hier los?" Wir trugen jetzt die Kinder nach oben. Sie waren vollkommen verdreckt und hungrig. Ich lächelte glücklich, sie sahen für mich trotzdem wunderschön aus. Beide Kinder waren Geoffreys Adoptiv- Kinder. Lisa seit fast drei Jahren, Timothy hatte ich letztes Jahr vor den Ghosts gerettet und ihn hier im Kloster bei Geoffrey gelassen. Gerne hätte ich den Jungen selbst adoptiert, war sogar etwas böse auf Geoffrey gewesen, der so selbstverständlich die Pflichten für ihn übernommen hatte, doch auch ich war mir im Klaren gewesen, das es damals in meiner Lebenssituation nicht möglich gewesen wäre mich um das Kind zu kümmern. Ich war 21 Jahre alt und besuchte die Universität. Etwas, dass ich sofort aufgeben würde, wenn Geoffrey mir gestatten würde, im Kloster zu bleiben. Doch der liebe Mann bestand darauf, dass ich mich meiner Bildung widmete und etwas von der Welt sah. Man, Männer konnten solche Idioten sein.

„Sie kamen vor vier Tagen. Etwa 15 SUV. 20 Männer" sie holten Elsa und Mirow ab, dann die anderen beiden Ratsmitglieder. Uns Kinder und Lehrer verteilten sie auf die restlichen Wagen und fuhren alle weg!" Judy schluckte tief. „Es gelang mir, mich mit Timothy und Lisa zu verstecken. Die Männer suchten jeden Raum ab, da fiel mir die Krypta ein. Sie suchten nach uns, gaben dann aber irgendwann auf und fuhren weg. Wir verstecken uns da unten seit drei Tagen. Ich schlich immer nur nach oben um Essen und Trinken zu holen für die Beiden."

„Du hast viel Mut bewiesen und dich gut um die beiden gekümmert. Danke... Das hast du gut gemacht. Ich bin stolz auf dich!" lobte ich das Mädchen. Judy lief vor Stolz rot an.

„Weißt du warum man Elsa und Mirow weggeholt hat?" wollte Susan nun wissen. Sie setzte in der Küche Kaffee auf und brachte den Kindern ein Glas Milch. Es war alles hier geblieben, der Kühlschrank voller Lebensmittel, die Kleidung der Kinder, alles war an seinem Platz, nur die Menschen waren fort.

Judy nickte heftig. „Ich habe es mitbekommen, ich schlich am Büro vorbei um zu Timothy und Lisa zu kommen, die wie immer ihren Mittagsschlaf in der kleinen Halle hielten. Ich wusste, ich muss sie in Sicherheit bringen." Sie trank dankbar ebenfalls ein Glas kalte Milch, die Susan im Kühlschrank gefunden hatte. „Die Männer sagten, Elsa und Mirow müssten sie nach Russland begleiten. Ihre Anwesenheit sei dort von großer Wichtigkeit. Es ginge um Hüter Mc. Laine. Er soll jemanden ermordet haben!"

Judy schwieg und trank ihre Milch...

Mir wurde schlagartig übel... Ich ließ mich schwer auf meinen Stuhl fallen und unterdrückte einen aufkommenden Brechreiz. Denn, das, was Judy da gesagt hatte, konnte nicht stimmen. Es war nicht wahr! Es durfte nicht stimmen. Geoffrey würde nie töten... na ja, jedenfalls nicht vorsätzlich... oder Ghosts.! „Wem?" fragte ich dann tonlos.

„Diese ätzende Miss Gallinow. Die, die Weihnachten hier war und uns das Leben schwer gemacht hat... Die soll tot sein. Das sagte der einer der Typen, ein echt finsterer Kerl. Er sagte Elsa und Mirow müssten mitkommen, wegen der Gerichtsverhandlung. Sie brachten beide einfach weg, rein in eins der Autos und weg. Sie hatten überhaupt keine Chance, uns zu helfen. Dann begannen sie, die Kinder in den Innenhof zu treiben und auf die restlichen Fahrzeuge aufzuteilen. Dann suchten sie nach uns dreien, aber als sie uns nicht fanden, gaben sie irgendwann auf und verschwanden."

„Nicht Rina!" sagte ich nur. Das war das einzige, was ich von Judys Geschichte behalten hatte. Geoffrey sollte Rina getötet haben? Susan war sofort bei mir und hielt mich, als ich von meinem Stuhl fiel. Mir wurde schwindlig, ich hatte das Gefühl, mein Magen würde sich umdrehen. Sie hielt mich, während ich versuchte, mich zu beruhigen.

„Wo haben sie sie hingebracht? Hast du da was gehört?" fragte jetzt Nick, er war der einzige, der in solch einer Situation die Nerven behalten konnte. Er schenkte uns Kaffee ein, und reichte mir einen Becher. Ich nahm einen Schluck und mein Magen beruhigte sich etwas...

„Ich denke ins Stammhaus in der Nähe von St. Petersburg." antwortete Judy. „Die Kerle hatten jedenfalls alle einen ziemlichen russischen Akzent." Sie reichte Nick ihr Glas, das er nachdenklich auffüllte. „Also müssen wir wohl oder übel nach Russland." überlegte er. „ Aber wo sollen wir dort suchen? Das Haus wird ebenso gut versteckt sein, wie das Kloster hier."

„Das weiß ich auch nicht, das haben sie nicht gesagt." erwiderte Judy betrübt. „Ich musste ja auch weiter, Lisa und Timothy in Sicherheit bringen vor diesen Mistkerlen."

„Verdammt! Noch vor drei Tagen war meine Zwischenprüfung meine größte Sorge!" fluchte Nick. Er raufte sich untypisch die Haare und unterdrückte einen derben Fluch. „Russland ist ziemlich groß, wo sollen wir da suchen!" Auch Susan seufzte auf. „Das ist schlimmer als die berühmte Nadel im Heuhaufen! Da werden auch deine Kräfte nichts ausrichten."

Ich hob meinen Arm um mir Gehör zu verschaffen. „Ich kenne jemanden, der uns diese Frage beantworten kann." sagte ich erstickt, immer noch verkrampfte sich mein Magen, doch der Kaffee half. Mein Verstand wollte nicht glauben, was meine Ohren gehört hatten... Geoffrey sollte ein Mörder sein? Er sollte Katharina umgebracht haben? Warum? Warum sollte er so etwas Unglaubliches getan haben? Das musste ich herausfinden. Unbedingt! Nichts war wichtiger....

Gespannt sahen mich drei Gesichter wartend an. Ich nickte. Natürlich,

ich musste handeln. Ich griff mir mein Handy und wählte. Keine Minute später hatte ich Gloria dran. Sie war die Chefin des kleinen Wanderzirkuseis, der mich aufgenommen hatte, als ich mein Gedächtnis verlor hatte. Dort hatte Geoffrey mich nach langem Suchen endlich gefunden und Heim gebracht...

„Hallo Gloria!" sagte ich und wurde von der Frau überschwänglich begrüßt. Ich hatte ihr eine großzügige Summe zukommen lassen und dadurch ihr Leben erheblich verbessert. „Wo seid ihr im Moment?" fragte ich sie.
„Witzig dass du anrufst. Wir sind auf dem Weg zu dir. Auf dem Weg zum Kloster. Wir hofften, dich dort zu treffen. Es liegt nur eine Tagesreise von unserem nächsten Ziel entfernt." sagte Gloria und entlockte mir ein schwaches Lächeln. „Sind Olga und Roberto bei euch?" fragte ich, das war wichtig, wichtiger als alles andere. „Ja, allerdings, es waren sogar die Beiden die uns den Umweg vorgeschlagen haben." bestätigte Gloria. „Sie sagten, es sei von sehr großer Wichtigkeit dich zu treffen."

Ich nickte erleichtert und bat sie, uns in der nächsten Stadt zu treffen. „Lasst uns Kleidung einpacken für Lisa und Timothy." sagte ich bestimmt, meine Magenschmerzen ignorierend. Dann wandte ich mich an Judy. „Du hast mir doch damals Löcher in den Bauch gefragt, wegen meiner Zeit im Zirkus. Nun hast du Gelegenheit, einige Zeit selbst dort zu verbringen. Ich werde dich und die Kleinen dort lassen müssen. Es wäre zu gefährlich euch mit nach Russland zu nehmen." Dann drückte ich das Mädchen, das nur zwei Jahre jünger war als ich. „Du hast toll auf die Kleinen aufgepasst. Ich weiß nicht, wie ich es dir danken soll."
„Das ich zurück zu einen Zirkus darf, ist Dank genug" sagte Judy glücklich. Ihre Stimme überschlug sich fast vor Freude. „Ich bin ein Zirkuskind und meine Sehnsucht danach bringt mich fast um." Sie wischte sich Tränen aus dem Gesicht. „Als ich damals als Kind starb und Waise wurde, brachte man mich ins Kloster, doch ich liebe den Zirkus!"
Jetzt endlich verstand ich, warum sie mich damals so genervt hatte mit ihren ganzen Fragen. Ein müdes Grinsen ging über meine Lippen. „Na, dann viel Spaß .Es wird dir bestimmt gefallen.. Und der Direktor ist übrigens ein super Typ. Echt heiß." sagte ich und erinnerte mich an Ethan.

Er war der Sohn von Gloria und war damals ziemlich verliebt in mich. Ich hoffte, er hatte es überwunden. Ich liebte Ethan wie einen Bruder. Selbst damals, ohne jegliche Erinnerung hatte ich unterbewusst erkannt, dass mein Herz einzig Geoffrey gehörte. Ich seufzte leise.

„Zieh die Krallen ein. Du bist gebunden, Süße!" warnte Susan lächelnd.

„Na und, das heißt aber nicht, das ich nicht mal schnuppern darf." sagte ich.

2. Kapitel

Olga und Roberto erwarteten uns bereits. Sie saßen, wie immer Hand in Hand, vor dem neuen Zelt und sahen uns besorgt entgegen. Anscheinend wussten sie, warum wir gekommen waren. Gloria gesellte sich zu ihnen und lächelte, als sie die merkwürdige Prozession sah, die ihr entgegen kam. Susan, Nick, dann Judy und ich, jeweils ein schlafendes Kind auf den Armen und dahinter Tom und Herkules, der wild schnüffelnd über den Boden lief. Wir umarmten uns und Gloria nahm mir Timothy ab. „Komm mit Kind. Hier stören wir nur." sagte sie zu Judy. „Wir werden die anderen suchen und euch den Zirkus zeigen. Es wird dir sicher sehr gefallen."

„Das glaube ich gerne, ich bin nämlich in einem Zirkus geboren worden." antwortete Judy glücklich. Ihr Kopf drehte sich in alle Richtungen. Begierig alles zu erfassen. „Meine Eltern waren Zauberkünstler. Sie haben mir viel beigebracht."Sie hob den Kopf und atmete tief ein. „Ahh, Zirkusluft!" Jubelnd hob sie ihren Arm und hätte Lisa fast fallen lassen. „Wirklich?" fragte Gloria staunend. Sie grinste über das ganze Gesicht und zwinkerte mir verschwörerisch zu. „Dann wirst du dich mit meinem Sohn bestimmt gut verstehen. Ethan ist auch hier im Zirkus zur Welt gekommen." Beide Frauen gingen davon, gefolgt von Tom und Herkules.

Dann waren wir mit Roberto und Olga allein...
„Ihr wollt nach Russland!" sagte Roberto ohne große Umschweife. Ich nickte, es wunderte mich nicht, dass er den Grund unseres Besuches erahnte. „Wir müssen. Mein Mann..." ich schluckte, noch Anfang des Jahres hatte nicht einmal gewusst, wer Geoffrey überhaupt war. „Mein Mann ist dort in Schwierigkeiten und braucht unsere Hilfe." antwortete ich. Olga nickte. „Das wissen wir." sagte sie nur. Ich wunderte mich, woher sie es wissen konnten. „Wir haben Freunde drüben" sagte Olga. „Freunde die uns mit Nachrichten versorgen."

„Ich muss hin, ich habe Geoffrey zwar versprochen ihm nicht zu folgen, doch er steht unter Mordverdacht!" sagte ich bitter. „Ich muss wissen, was passiert ist und wie ich ihm helfen kann." Wieder brannte mir der Magen, ich ignorierte es. „Ihr müsst uns sagen, wo wir das Haus in der Nähe von St. Petersburg finden." bat ich sie.

Olga und Roberto schwiegen, sie sahen sich einen Moment lang an. Dann seufzte Roberto schwer. „Wir werden euch begleiten, Defender!" sagte er dann bestimmt. Es war nur ein Wort, doch ich erschrak. Ich wusste, dass Olga mich erkannt hatte, damals, als sie mich gefunden hatten, doch ich maß dem keine große Beachtung zu. Doch plötzlich war das eine Wort schwer von Bedeutung. „Das müsst ihr nicht tun!" widersprach ich, doch beide nickten nur.

„Wie gut ist dein Russisch?" fragte Olga mich dann lächelnd.

„Drei Worte." gab ich zu. „Wodka, Da, und nachstropje."

Olga lächelte. „Wie wollt ihr damit zum Haus, beziehungsweise der Burg kommen? Wem wollt ihr, wie fragen?"

„Es gibt heutzutage für alles eine App." sagte ich trotzig. „Ich habe da eine sehr gute Übersetzungsapp." Grummelig verzog ich mein Gesicht. Wir wären zu fünft unterwegs, das war mir eigentlich zu viele Menschen auf die ich aufpassen musste...

„Wir werden euch begleiten." bestimmte Olga. „Wir!" Roberto legte seinen Arm um Olga. „Sind schon viel zu lange auf der Flucht. Wir denken, es ist unsere Schuld, das das, was euch passiert ist, solche Ausmaße angenommen hat."

„Wie ist das möglich? Was habt ihr mit uns zu tun?" wollte ich wissen, doch Roberto hatte sich bereits erhoben und sich Nick zugewandt. „Du bist doch ein brillantes Computergenie... Olga und ich brauchen neue Papiere, Ausweise, Geburtsurkunden und so weiter, um zu verreisen, was kannst du da machen?"

„Was ist mit euren denn nicht in Ordnung?" fragte Susan neugierig. Typisch Susan, dachte ich.

„Wir haben keine." antwortete Olga grinsend. „Als wir aus Russland flohen und in dieses Land kamen, gingen wir von einem Segelschiff, ich glaube der Name war Mayflower." sagte sie und lächelte breit, als sie unsere ungläubigen Gesichter sah.

Dank Nicks überragenden Computerkenntnissen und einer großen Summe meines Geldes saßen wir fünf zwei Tage später in einer Maschine, die uns über den halben Erdball flog. Roberto und Olgas Papiere waren so gut geworden, das wir ohne Schwierigkeiten durch den Zoll gekommen waren..

Es waren reichlich Tränen geflossen, als wir Lisa und Timothy im Zirkus zurück lassen mussten. Es brach mir fast das Herz. Beide Kinder wollten mich nicht loslassen. Immer wieder klammerten sie sich an mich. Ich musste tausend Versprechen geben und ihn schwören, nicht ohne ihren Dad Heim zu kehren. Es war nur Gloria zu verdanken, die sich beider angenommen hatte, dass ich hatte fahren können. Ich wusste, sie waren dort in guten Händen. Die Zirkusleute würden meine Kinder gut beschützen...

„Sag mal. Wie alt bist du eigentlich?" fragte ich Roberto, der nervös neben mir saß. „Was glaubst du denn?" fragte er mich. Er flog das erste Mal in seinem Leben. Immer wieder schloss er seine Augen und versuchte vergeblich zu schlafen. Wir hatten einen langen Flug vor uns. „Du siehst nicht älter als 45 aus." sagte ich weiter, als er schwieg. „Hänge da noch eine 4 vorneweg und es stimmt." antwortete er und hielt nervös Olgas Hand. Erstaunt riss ich meine Augen auf. „Du verarscht mich!" bekam ich endlich heraus, doch er schüttelte nur seinen Kopf. „Ich bin 445 Jahre alt. Meine geliebte Olga 436 Jahre." sagte er wieder und grinste breit. „Was hast du mit deinem Hüter angestellt die ganze Zeit? Hat er dir nie das unsichtbare Buch zum Lesen gegeben? Habt ihr nie über die Defender gesprochen? Du weißt anscheinend überhaupt nichts von uns." fragte er mich nach einen Augenblick. „Man, du bist der wiedergeborene Lazarus, und hast dann absolut keine Ausbildung. Kein Wunder das man in Russland so scharf auf dich ist." „Das Buch war mir zu staubig. Mit Staubwischen haben sie es dort nicht so." gab ich beleidigt zurück. „Und du nicht mit dem lernen." Warf Susan grinsend ein. Ich streckte ihr die Zunge heraus. Ich ließ mich in meinem Sitz zurückfallen und erinnerte mich an eine Aussage von Kevin. „Du lebst ewig, es sei denn du teilst dein Lebenselixier."

„Defender leben ewig." flüsterte ich erschüttert. Roberto nickte. „Es sei denn, sie teilen ihr Elixier." Er nahm Olgas Hand und zog sie sich an die Lippen. „So wie ich es getan habe mit Geoffrey." flüsterte ich erschüttert. Deshalb war Geoffrey damals so wütend darüber gewesen., ich hatte meine Unsterblichkeit ihm zu Liebe aufgegeben...

Wieder nickte Roberto. „Und ich mit meiner geliebten Olga." Jetzt schoss mein Kopf hoch. Forschend suchte ich den Körper des Mannes neben mir ab. Dann spürte ich es, ein Muttermal, etwas höher als meins. An seinem Körper. Und noch etwas wurde mir klar... „Deshalb bist du mir damals nicht zu Hilfe geeilt, als die vier mich gefunden hatten... Oskar und Pierre waren gekommen, dann anschließend Olga, doch du..." „Natürlich! Ich musste deinem Hüter aus dem Weg gehen. Er durfte mich nicht sehen, es wäre zu gefährlich gewesen... Dein Hüter hätte mich sofort erkannt. Das war mir zu gefährlich. Die Gemeinschaft ist uns nicht gut gesonnen. Olga und ich sind aus Russland damals geflohen. Wir wurden gejagt." sagte Roberto. „Wir sind dem Tod nur knapp entkommen." Liebevoll drückte er Olgas Hand.

„Es ist einem Defender streng verboten, sein Elixier jemanden unwürdigen zu geben. Und Roberto hat es mir gegeben. Ich war damals eine Sklavin, ein niedriges Dienstmädchen in der Burg. Wir verliebten uns. Dann fanden wir heraus, dass ich seine Waffenmeisterin war. Ich kann ebenso gut zeichnen wie du, Liebes." Olga strich Susan kurz übers Haar. „ Mein geliebter Roberto hatte die besten Waffen von allen. Jeder wunderte sich, woher er die hatte. Doch Roberto verriet nichts. Bei einem Kampf gegen die Ghosts wurde ich tödlich verletzt. Man warf mich einfach zu den anderen Toten, ich war ja nichts wert für die edlen Herrschaften. Roberto holte mich fort und gab mir sein Elixier. Die Gemeinschaft damals kam dahinter und jagte uns. Wir mussten das Land verlassen und kamen nach Amerika." erzählte Olga weiter. Ich ließ mich in meinem Sitz fallen und schloss meine Augen. Es gab so endlich viel, so viel dass Geoffrey mir verheimlicht hatte. Wir beide, er und ich würden unheimlich lange leben, wir würden nur sehr langsam altern. Ich hatte etwas verbotenes getan um ihn zu retten... deshalb durfte niemand erfahren, dass er ebenfalls zu einem Defender geworden war.

„Geoffrey hat meiner Mutter gesagt, ich dürfe nicht mehr sterben, es würde sich danach alles ändern!" fiel mir wieder ein, ein Satz den ich mir nie hatte erklären können.

„Mädchen, wenn wir wieder Zuhause sein sollten, musst du unbedingt das Buch lesen!" befahl Roberto nun. Er seufzte. „Was dein Hüter meint ist, wenn du 12x gestorben bist, hörst du auf zu altern... aber das hat sich bei dir ja nun erledigt. Du wirst dein jugendliches Aussehen noch einige Jahrhunderte erhalten können." Er grinste. „Olga war 29 als ich sie wiedererweckt habe." Liebevoll küsste er erneut ihre Fingerspitzen. „Sie ist in den vierhundert Jahren nur 7 Jahre gealtert."

„Verdammt, bin ich neidisch!" mischte sich nun Susan ein. „Wenn ich alt und runzlig bin, ist Mary immer noch so knackig!"

„Wer kann, der kann!" sagte ich und verfiel wieder in meine trüben Gedanken. Was sollten wir tun, wenn wir in St. Petersburg ankamen? Was als erstes? Man würde uns nicht so einfach in diese Burg spazieren lassen. Das war mir klar.

„Was ist das für ein Haus, Burg?" fragte ich deshalb Roberto. Er überlegte einen Moment. „Es ist das Stammhaus. Das erste Heim für Lazarus Kinder. Keine Ahnung wie lange sie schon steht. Manche meinen, seit Anbeginn der Zeit." Roberto schwieg eine Sekunde. „Dort werden alle Hüter ausgebildet. Die Besten der Besten. Ich vermute, dein Geoffrey war auch dort." antwortete er.

„Er ist einer der besten Hüter, die ich je getroffen habe. Wahrscheinlich wurde er in Russland ausgebildet." warf Olga ein.

„Und dort hat er dann diese Katharina kennengelernt." Mutmaßte Nick. „Aber sie selber ist keine Hüterin."

„Sie gehörte wohl zum Rat, das ist wieder eine andere Gruppierung innerhalb der Gemeinschaft. Sie sind die sogenannte Elite innerhalb der Gemeinschaft. Sie nehmen eine besondere Stellung ein. Ihr Wort ist oft Gesetz." erklärte Olga. „In der Burg wurden früher Defender und Hüter zusammen ausgebildet. Jetzt, da es keine Defender mehr gibt, nur noch die Hüter. Es wird gerne gesehen, wenn sich Hüter oder Ratsmitglieder untereinander verbinden. Die Chance, dass deren Kinder ebenfalls das Zeug zum Hüter haben ist sehr hoch." erklärte Olga. Dann seufzte sie leise. „ Ich bin weder das eine noch das andere. Das war auch ein Grund, weshalb unsere Beziehung nicht geduldet wurde."

„Du bist aber nicht zum Defender geworden so wie Geoffrey." sagte ich leise und biss mir auf die Lippen, als Roberto leise durch seine Zähne pfiff. „Das war es also. Deshalb wollten sie unbedingt dass ich damals eine Hüterin heirate." Seine Stimme wurde leise, fast furchtsam. „Das bedeutet, du bist die Wiedergeburt des Lazarus und hast deinen Mann neu geschaffen! Du hast ihm vom Tode erweckt, wie Jesus Lazarus..." Er sprach nicht weiter. Gerade wollte ich nachfragen, als das Flugzeug in den Sinkflug ging...

Der Pulkovo Airport
Wir waren in St. Petersburg angekommen...

Wir nahmen uns Hotelzimmer in einer kleinen Stadt etwas außerhalb von St. Petersburg. Jetzt genoss ich Robertos und Olgas Gesellschaft. Mit ihrem fließenden Russisch war es einfach, sich hier zu Recht zu finden. Keine unbequeme Fragen oder merkwürdigen Blicke, die uns folgten. Doch nun saßen wir hier im Hotel fest. Wir hatten keine Ahnung, wie es nun weiter gehen sollte.

Ich lief wie ein Tiger im Käfig durch mein Zimmer, am Boden verzweifelt. Ich war Geoffrey so nahe, dass ich ihn fast spüren konnte und war ihm doch so weit entfernt. Roberto fuhr jeden Tag zur Burg und beobachtete mit Nick den Eingang, nichts passierte, das uns Auskunft geben könnte, was dort vor sich ging.

Ich wurde fast wahnsinnig vor Angst um Geoffrey. Was passierte mit Geoffrey? Was kam bei seiner Verhandlung heraus? Welches Urteil wurde über ihn gefällt? Gab es hier noch die Todesstrafe? Und wenn, wie wollten sie einen Unsterblichen töten?

Albträume verfolgten mich, so wie ich es wagte, auch nur ein Auge zu schließen. Ich sah, Geoffrey, der mit Ketten gefesselt auf einem Stuhl saß und auf seine Hinrichtung wartete. Immer wieder beteuerte er seine Unschuld, doch niemand hörte ihm zu... Ich lief zu ihm, der Weg schien so unendlich weit zu sein, doch ich lief und lief und lief... Ich musste ihm doch etwas wichtiges sagen, etwas so unglaublich wichtiges, das er unbedingt wissen musste. Ich schrie laut seinen Namen.

Jetzt wurde ich sanft wach gerüttelt und fluchte. Ich hatte gerade eben

Geoffrey erreicht, und wollte ihm berühren, wollte ihm sagen was so wichtig war. Er musste es doch unbedingt erfahren... dann war ich wach.

Roberto und Olga standen vor meinem Bett und sahen auf mich herunter. „So geht das nicht mehr weiter." sagte Roberto streng. „Du schreist jedes Mal wenn du schläfst das ganze Hotel zusammen, die Nachbarn beschweren sich bereits." Er setzte sich zu mir aufs Bett. „Kind, du musst dich beruhigen, so hilfst du deinem Mann nicht. Du wirst nur krank... das darfst du nicht weiter tun. Wir brauchen dich bei voller Gesundheit, wenn es losgeht."
Seit zwei Tagen saßen wir nun hier im Hotel und warteten. Und warteten und warteten. „Was soll ich denn tun?" fragte ich ihn verzweifelt. „Ich bin ihm so nahe, und doch..."
„Geduld, wir brauchen Geduld." sagte Olga. Sie seufzte aber auch. Wir waren nun zwar in der Nähe der Burg, hatten aber keinen Plan, was wir tun sollten. Und das Schlimmste... Geoffreys Zeit lief ab.

Roberto hatte Nachrichten an seinen einzigen Freund innerhalb der Burg gesendet, der sollte uns Neuigkeiten aus der Burg bringen, doch bislang war keine Antwort gekommen. Die Burg schien hermetisch abgeriegelt worden zu sein. Anders konnte Roberto es sich nicht vorstellen. „Lass mich dir helfen!" bat er nun frustriert und ich setzte mich auf. „Du musst endlich zur Ruhe kommen, Schlaf ist wichtig, damit du ausgeruht bist, wenn es los geht."
„Wie?" wollte ich wissen. Ich war verzweifelt und würde alles versuchen was mich zu Geoffrey brachte. „Wie kannst du mir helfen!"
„Anders als du bin ich ein ausgebildeter Defender. Ich bin Meister im Seelenwandern. Und da deine Seele sich bereits einmal von deinem Körper getrennt hat." er holte tief Luft. „Kann ich dafür sorgen, dass sie es noch einmal tut. Ich kann deine Seele in die Burg senden, in den Kerker um genau zu sein. Du kannst dann deinen Geoffrey wenigstens sehen."
Ich war sofort hellwach. Natürlich wollte ich das unbedingt. Wollte Geoffrey sehen, mich davon überzeugen dass es ihm gut ging. „Aber kann meine Seele zu mir zurückkehren?" fragte ich nachdenklich, und lächelte, als Roberto nickte. „Ich werde dich begleiten und auf dich aufpassen. Ich habe das Seelenwandern gelernt. Ich bin der Letzte der das

noch kann und würde es dir gerne lehren." Er lächelte „Außerdem kenne ich mich im Kerker ziemlich gut aus. Auch ich war dort einige Zeit Insasse" Ein schmales Lächeln umspielte seine Lippen, als er an die Zeit zurück dachte. „Aber ich muss dich warnen, es ist nicht ohne Gefahren. Du musst entscheiden." schloss er. Doch das interessierte mich nicht, wichtig war nur, ich würde Geoffrey sehen...

„Scheiß drauf! Natürlich will ich Geoffrey sehen! Zeig mir, was ich machen muss!" sagte ich laut. Zu laut, aber egal.

„Leg dich zurück und schließe deine Augen, entspanne dich, Liebes!" bat Roberto mich nun. „Olga wird auf deinen Körper aufpassen, keine Angst!" beruhigte er mich sanft. Ich tat, um was er mich gebeten hatte. Gleich, gleich würde ich Geoffrey sehen, sehen wie es ihm erging, was er durchmachte...

„Du bist zu aufgeregt, du musst ruhiger werden." befahl Roberto mir. Ich atmete tief durch und schloss erneut meine Augen. Roberto hob seine Hände und legte sie fest auf mein Muttermal, es drückte unangenehm, aber das war mir egal. Ich war nur mit einem Gedanken beseelt. Gleich würde ich Geoffrey sehen...

Meine Seele löste sich von meinem Körper, ich sah auf mich herunter. Eine Erinnerung an das letzte Mal, als meine Seele vom Körper getrennt worden war kam in mir hoch.

Mein Körper schlief, doch war kein Gefühl mehr in ihm. Ich lag einfach nur dort auf dem Sofa. Meine Seele begann zu zittern. Fast wäre ich davon getrieben, doch dann war da plötzlich Roberto, seine Seele hielt meine fest, zog meine mit sich. Durch das offene Fenster über die Stadt, hin bis zum beginnenden Wald. Eine Zeit trieben wir, wie es mir schien ziellos durch den Wald über große bunte Wiesen, zu einen großen Hügel, dann sah ich sie, die Burg. Versteckt in mitten eines riesigen Waldgebietes.

Ich musste Roberto Recht geben. Ohne seine Hilfe hätte ich diesen Ort nie gefunden.

Ein riesiges monströses Gebäude, mit vielen alten Türmen und Mauern. Die Burg sah aus als stände sie seit Anbeginn der Zeit dort an ihren Platz. So als sei sie mit dem umliegenden Wald verbunden... Als hätte es erst die Burg gegeben, dann den Wald...

Roberto verharrte einen winzigen Moment, dann schwebte er zu einer

Lücke in der Mauer und weiter einer steilen Treppe zu, die uns in ein riesiges Kellergewölbe brachte.

„Wir sind gleich da." spürte ich Robertos Stimme in mir, ich versuchte zu antworten doch es gelang mir nicht. Ich war nur von dem einen Gedanke beseelt, Geoffrey zu sehen...

Hoffentlich ging es ihm gut, hoffentlich war er gesund und am Leben... Hätte ich einen Körper, würde ich jetzt vor Anspannung zittern.

Dann, dann endlich konnte ich ihn sehen...

Er saß in einer furchtbar altmodischen Zelle. Eine ziemlich alte Wolldecke um seine Schultern, er schien zu frieren. Immer wieder schüttelte er sich... Ich wunderte mich, so kalt war es hier doch gar nicht, oder waren Seelen unempfindlich dagegen?

Am Anfang des Flurs standen zwei achtlose Wachen und unterhielten sich angeregt auf Russisch. Sie spürten uns nicht, als wir an ihnen vorbei schwebten. Geoffrey war der einzige Gefangene in diesem großen Trakt. Sämtliche anderen Zellen waren leer und unordentlich, sie schienen hier fast nie Gefangene zu haben. Das erklärte wohl auch die wenigen, wirklich achtlosen Wachen am Eingang des Flurs.

Ein Umstand, der uns, sollten wir Geoffrey hier heraus holen müssen, zu Gute kommen könnte... aber jetzt in diesem Moment zählte einzig Geoffrey für mich. Um alles andere konnte ich mich später kümmern, beschloss ich.

Dann, dann war ich endlich bei ihm...

Ich schwebte zu Geoffrey und betrachtete ihn erschrocken. Er sah sehr müde und abgekämpft aus. Er hatte an Farbe verloren, sah extrem blass aus. Seine sonst so leuchtenden Augen lagen trüb in ihren Höhlen. Man hatte ihm nicht erlaubt, sich zu rasieren, seine Bartstoppeln machten ihn unglaublich sexy... Er hatte ziemlich viel an Gewicht verloren, und seine Kleidung schrie nach einer Reinigung, doch sah er für mich wie der schönste Mann der Welt aus... meine Seele leuchtete vor Freude auf...

Geoffrey bemerkte mich nicht, seine Gedanken waren auf etwas fixiert, das ihn schwer beschäftigte...

Er saß an einem alten Schreibtisch und schrieb, ich beugte mich über seine Schulter, um zu sehen was er schrieb und stockte... er schrieb einen Brief an mich! Einen Abschiedsbrief!

Jetzt riss er das Blatt Papier ab, zerknüllte es und warf es in einen Papierkorb. Wieder begann er zu schreiben. Seine sonst so starke Hand zitterte heftig, die Buchstaben waren ungerade...

Liebste Mary

Keine Ahnung, ob Kevin es schafft, diesen Brief an dich hier raus zu kriegen. Es ist schlimm, alles wird kontrolliert, ich kann nicht schreiben was ich möchte, um dir zu schildern, wie sehr ich dich...
Etwas Schlimmes ist passiert. Etwas, wobei auch du mir nicht mehr helfen kannst! Selbst deine enorme Kraft endet an diesem Punkt... Ich habe gemordet! Gemordet für uns... das ist keine Entschuldigung für das Unrecht, das ich begangen habe... ich tat es aus Liebe zu dir. Es war verkehrt, dich an mich zu binden, zu glauben, ich hätte ein so wunderbares Wesen wie dich verdient. Du bist frech, vorlaut, undiszipliniert und einfach wunderbar. Mit jeder Minute, die ich dich besser kennengelernt habe, habe ich mich mehr in dich verliebt. Du bist zu meinem Leben geworden... was gäbe ich für nur einen weiteren Tag an deiner Seite. Noch einen einzigen Tag, dich bei mir zu haben...
Du wirst dich um Lisa und Timothy kümmern, das weiß ich, darum muss ich dich nicht erst bitten... Auch dafür liebe ich dich...
Kein Kind könnte es besser treffen als bei dir. Ich schreibe dir, weil... ein uns wird es nicht mehr geben...

Wenn du diesen Brief erhältst, lebe ich bereits nicht mehr. Dann habe ich gebüßt für meine Tat... Sei diesmal nicht allzu traurig, tue mir diesen letzten Gefallen und halte dich an unsere letzte Nacht fest und der Gewissheit, das auch du irgendwann zu mir kommst... Können wir nicht unter den Lebenden zusammen sein, vielleicht können wir es danach... ich jedenfalls werde dort auf dich warten...

Wieder zerriss er den Zettel und warf ihn in den Mülleimer. Er seufzte, legte seinen Kopf in den Nacken und weinte. Eine Träne lief über sein Gesicht und tropfte auf den Block. Geoffrey weinte... es brach mit fast das Herz, den Mann den ich so sehr liebte, den ich mehr denn je nun an meiner Seite brauchte, so zu sehen...

Meine Seele strich ihm tröstend über sein Gesicht, hauchte ihm einen Kuss auf die Lippen, sie waren furchtbar kalt... So als habe er es gefühlt, riss er seine Augen auf und fuhr sich mit den Fingern über die Lippen. Suchend sah er sich um, konnte jedoch nichts entdecken...

Die Zellentür öffnete sich plötzlich und eine junge Frau betrat den Raum. Sie war wohl das Dienstmädchen, jedenfalls blieb ihr Putzwagen an der Tür stehen... Zwei Wachen blieben etwas abseits stehen und beobachteten die Beiden. Ich wunderte mich, wie stoisch Geoffrey alles hinnahm... Es wäre jetzt, in diesem Moment eine sehr gute Gelegenheit zu Fliehen. Er war außerordentlich stark und kampferprobt. Die beiden Wachen würden ihm keine Probleme bereiten. Doch er saß einfach nur auf seinem Stuhl und starrte auf das leere Stück Papier vor sich.

„Guten Tag, Hüter!" sagte das Mädchen im gebrochenen Englisch. „Gut Geht?" Geoffrey antwortete nicht. Er schien die Frau zu kennen, die nun begann, seine Zelle zu wischen, den Papierkorb zu leeren. Sie sang leise vor sich hin ohne auf Geoffrey zu achten...

Robertos Seele stieß meine heftig an, und ehe ich mich versah fuhr meine Seele in den Körper der jungen Frau, die jetzt kurz erstarrte. Ich verstand, Ich konnte die Frau kontrollieren!

Die Frau ließ ihren Besen fallen. Dann ging sie, gesteuert von mir, zu Geoffrey und strich ihm sanft über die Wange. „Nicht weinen!" flüsterte sie. „Dazu gibt es überhaupt keinen Grund, Liebling. Die Kavallerie ist ja jetzt hier."

Dann, ein Blick zu den Wachen, hauchte sie ihm einen Kuss auf die Wange. Ein geschockter Geoffrey, der erstarrte, dann aufsprang, sich wieder setzte, als eine der Wachen nervös seine Waffe hob...

„Sagen sie Goffy..." begann die junge Frau nun in fließendem Englisch zu fragen. „Sagen sie Goffy, wollen sie wirklich den Rest ihres Lebens in der Zelle zubringen? Hier vor sich hin vermodern?" Ich grinste innerlich als ich sah wie er erneut erstarrte. „Wird Zeit das du mal wieder an die frische Luft kommst! Draußen scheint die Sonne, du Idiot!" Geoffreys Kopf schoss herum, der Stuhl wackelte, als er sich der Wächter bewusst, wieder setzte. Er starrte die junge Frau an und zog seine Augen zusammen. „Das ist doch ganz unmöglich, das kann nicht sein, auf keinen Fall! du kannst doch nicht hier sein, Mary." flüsterte er ungläubig. „Jetzt werde ich verrückt! Mein Verstand spielt mir einen Streich." stöhnte er und fuhr sich durch die Haare. „Mach das noch mal!" sagte die junge Frau, dann lächelte sie, während sie den kleinen Tisch vor Geoffrey wischte. „Pass auf sonst gibt es eine Glatze." sagte sie wieder. „Das ist ganz und gar nicht real, das ist wirklich unmöglich... du kannst nicht Seelenwandern, Mary. Das ist nur eine Legende." stotterte Geoffrey leise um die Wachen nicht auf sich aufmerksam zu machen. „Selbst du bist dazu nicht imstande."

Die junge Frau zog nun das Bett ab und griff nach dem Laken. „Was soll nicht möglich sein, griechischer Gott?" fragte die junge Frau wieder. „Geliebter Thor?" jetzt grinste die junge Frau, sie räumte ihre Putzutensilien zusammen. „Selbst eine so egoistische, arrogante, selbstsüchtige Person wie Mary Cooper Clarens kann etwas dazu lernen. Vor allem wenn es um etwas geht, das sie sich um keinen Preis nehmen lässt! Dich, mein Schatz! Vergessen, das du mir gehörst und ich dein Defender bin?" Die junge Frau zwinkerte und verließ die Zelle. Meine Seele fuhr aus ihr heraus und schwebte wieder zu Geoffrey. Die junge Frau ging, nicht wissend, was soeben passiert war. Wieder begann sie ein russisches Lied zu singen...
„Hör zu, Mary!" Geoffreys Stimme klang überaus wütend. „Wenn du wirklich hier bist, und ich gehe davon aus, nicht verrückt geworden zu sein... dann ist das, das aller Verrückteste, was du je getan hast!!!" Er fuhr sich mit den Händen durch sein Haar. „Nein, nein, nein! Ihr seid vollkommen bekloppt, du und Susan und Nick! Sie sind auch hier, stimmst? Du kommst doch nie alleine!" Geoffrey senkte seine Stimme,: „Was ist mit deinem Versprechen, mir nicht zu folgen?" fragte er wütender als ich ihn je gesehen hatte. Die Wachen waren neugierig um die Ecke gekommen. „Ich liebe dich über alles, aber..." Geoffrey seufzte, die nächsten Worte fielen ihm schwer... „Verschwinde hier! Hau ab! Du kannst hier nichts ausrichten! Ich muss das alleine durchstehen. Ich habe mich schuldig gemacht!"

Eine der Wachen kam nun, um zu schauen, mit wem Geoffrey sich unterhielt. Der Mann erstarrte und blickte mit leeren Augen... Roberto nutzte die Gelegenheit und bemächtigte sich des Körpers des Mannes. „Hüter Mc. Laine... wir kennen uns nicht. Ich bin Roberto Komanowa. Olgas Mann. Wir sind mit ihrer Frau hier um ihnen zu helfen. Wir sind Marys Freunde und noch vieles mehr. Vertrauen sie uns. Mary ist die wichtigste Person der Gemeinschaft, das wissen sie, das wissen Olga und ich, deshalb helfen wir ihr... Und wenn Mary sagt, wir holen sie raus. Dann tun wir das!" Die Wache entfernte sich wieder und Roberto verließ den Mann. Geoffrey war wie erstarrt stehen geblieben und starrte die Stelle an, wo eben noch die Wache gestanden hatte.

Ich wäre gerne noch geblieben, doch Roberto schob meine Seele zur Treppe. „Es wird Zeit, ich kann es nicht länger aufrecht halten. Ich habe es zulange nicht mehr gemacht, es strengt zu sehr an." spürte ich seine Stimme in meiner Seele. Ich verstand und folgte ihm zurück in meinen Körper...

3. Kapitel

Ein lautes, heftiges Klopfen an meiner Zimmertür weckte mich aus meinen, endlich, tiefen Schlaf. Ich hatte Geoffrey sehen können, mich davon überzeugen, dass er lebte. Endlich konnte ich meinem Körper etwas Ruhe gönnen... Wieder wurde heftig gegen die Tür geschlagen. Ich öffnete meine Augen, suchte vorsichtig nach der Flamme des Menschen der vor meiner Tür, stand auf und rief. „Komm rein Kevin."
Kevin, natürlich war Kevin hier, warum eigentlich wunderte mich das nicht? Kevin war ebenso wie wir hier um Geoffrey zu helfen. Kevin, Geoffreys Bruder des Herzens.

Kevin betrat mein Zimmer. Wütend baute er sich vor mir auf. „Was suchst du denn hier! Hat Geoffrey doch Recht gehabt, als er mir von deinem kleinen Besuch in seiner Zelle berichtete! Zuerst glaubte ich, er wäre jetzt durchgedreht!" Kevin senkte endlich seine Stimme und warf sich in einen Sessel mir gegenüber. „Als Geoffrey mir erzählte du seist in das Dienstmädchen gefahren, und ein anderer Typ in eine der Wachen da glaubte ich allen Ernstes, er wäre..." Kevin hob seine Hand und fuhr sich grinsend an die Stirn. „Elsa heult sich die Augen aus dem Kopf, weil sie glaubt, ihr einziges Kind wäre verrückt geworden!" Dann wurde er wieder ernst. „Das einzige, was Geoffrey aufrecht gehalten hat, war die Gewissheit, dich in Sicherheit zu wissen!" sagte er wieder. „Er hat dich in den Staaten vermutet!"
„Aber er hat mich doch zum Kloster geschickt!" widersprach ich und erinnerte mich wieder an meinen Traum. „Durch ihn weiß ich erst um seine beschissene Lage!"
„Ja, um Lisa und Timothy zu retten!" Kevin sah sich panisch um. „Die beiden sind doch wohl hoffentlich nicht auch hier!"
„Nein, keine Panik Traummann, die habe ich im Zirkus gelassen, zusammen mit Judy. Wusstest du, das Judy ein waschechtes Zirkuskind ist?" Ich erhob mich und suchte in meinem Rucksack neue Unterwä-

sche. „Sie war hellauf Begeistert, als sie hörte, dass sie dort bleiben durfte. Und Lisa und Timothy auch. Stell dir vor die beiden dürfen in der Arena zusammen mit Oskar auftreten. Die drei haben dort eine tolle Zeit."

„Lenk nicht vom Thema ab!!" donnerte Kevin. „Du hast hier nichts verloren! Es fiel mir schon schwer genug, Zugang zur Burg zu bekommen! Elsa und Mirow sagen, es sei sehr gefährlich, sich einzumischen!" Kevin fuhr sich durch die Haare. „Und wenn die Gemeinschaft herausfindet dass du noch lebst, dann steht Geoffrey noch mehr Ärger ins Haus, als er bereits hat! Er hat verschwiegen, dass es einen Defender gibt, der noch lebt! Die Gemeinschaft hat bereits im letzten Jahr verlangt, er solle dich hierher bringen, um dich ausbilden zu lassen! Er hat sich geweigert! Wenn sie herausfinden, das du noch lebst. Und jetzt hier bist..." er schluckte heftig.

„Und wenn sie herausfinden, dass ich mein Lebenselixier mit Geoffrey geteilt habe, bin ich ebenso ein Verbrecher." sagte ich. „Dann werden sie mich auch jagen."

Es war für Kevin kein Geheimnis, auch wenn wir es ihm nie erzählt hatten, so hatte er sich seinen Teil gedacht. „Ihr beiden habt mir verschwiegen, dass ich mich strafbar gemacht habe."

„Hätte das etwas an deiner Entscheidung damals geändert?" fragte Kevin und ich schüttelte meinen Kopf. „Natürlich nicht." antwortete ich finster. „Siehst du, und Geoffrey war schon wütend genug auf sich, dass er es dir nicht erzählt hat, bevor es zu spät war." erklärte Kevin milde. „Mit eurem Blutaustausch seid ihr verbunden... euer gesamtes Leben! Es kann keinen anderen Mann für dich, keine andere Frau für ihn geben. Er war wütend, sehr wütend. Dass er dich liebt, das wusste er bereits lange, aber er war wütend, das du dich um die Chance gebracht hast, einen anderen Mann vielleicht lieben zu lernen. Immerhin ist er ja dein Schulmädchenschwarm."

„Arschloch!" sagte ich in brünstig.

„He nicht meine Worte, sondern die des Idioten der im Knast vor sich hin schmollt." verteidigte sich Kevin.

„Trotzdem Arschloch!" konterte ich wütend. „Nur weil ich mit 15 schon wusste was ich will, ist das kein Grund über mich zu entscheiden! Das kann ich sehr gut alleine für mich! Und wenn er wirklich glaubt, ich lasse ihm im Knast verschmoren so hat er sich getäuscht."Ich kicherte trotz der ernsten Situation. „Er hat sich für mich entschieden. Jetzt hat er mich am Hals und wird mich nie wieder los. Wie eine Bindehautentzündung, die kommt auch immer wieder."

„Mein Gott, Geoffrey hatte Recht, selbst in solcher Situation reißt du noch Witze!" stöhnte Kevin.

Wieder klopfte es an der Tür und Susan steckte ihren Kopf ins Zimmer. Sie schrie freudig auf, als sie Kevin sah, rannte ins Zimmer und umarmte den Mann. „Toll, endlich geht es vorwärts. Was wollen wir unternehmen, um Geoffrey dort raus zuhauen?"

Wieder ging die Tür auf und Nick erschien im Raum, gefolgt von Roberto und Olga. „Was höre ich? Wir schmieden einen Plan?" fragte Nick. „Na endlich!" „Ja!" rief Susan, "Jetzt ist Kevin ja hier, wir sind also wieder vollzählig. Wie die Musketiere: Einer für alle, alle für einen! Also was unternehmen wir um die dumme Spaßbremse aus dem Knast zu holen?"

„Stopp!" donnerte Kevin. „Nichts wird hier geplant! Geoffrey sagt, ihr alle sollt den nächsten Flieger raus aus Russland nehmen! Ihr habt keine Ahnung wie gefährlich es ist!" Wütend schritt er durch mein Zimmer. „Wenn die raus finden dass Mary hier ist, dann werden sie sie jagen!" schnauzte Kevin. Seine Hände hielt er hinter dem Rücken, so als wolle er verhindern irgendjemanden zu erwürgen..

„Also was unternehmen wir um Geoffrey dort raus zu holen?" fragte Susan unbeirrt. „Habt ihr schon etwas geplant? Wann geht es los?"

„Hast du mir nicht zugehört?" fragte Kevin genervt. „Geoffrey will, dass ihr alle verschwindet!!!" Er raufte sich genervt die Haare. „Jetzt verstehe ich Geoffrey endlich, wenn er sagt, wie schwer es sei, sich mit euch zu unterhalten!"

„Liebling, sieht er nicht Dimitri verblüffend ähnlich? Erinnerst du dich an ihn?" fragte Olga jetzt lächelnd. „Das habe ich bereits damals gedacht, als ich ihn im Zirkus kennengelernt habe. Da hatte ich allerdings keine Zeit ihn danach zu fragen." Olga kam näher und betrachtete interessiert Kevins Gesicht.

„Ja, Liebes, jetzt da du es sagst, wie aus dem Gesicht geschnitten." antwortete Roberto nachdenklich. „Sagen sie junger Mann, hatten sie einen

Urahnen Namens Dimitri?"

„Ja mein Ur.Ur Großvater hieß so." sagte Kevin und starrte Olga und Roberto verwirrt an. „Er lebte, glaube ich, 18 00schieß- mich tot!"

„Wusste ich es doch." lächelte Olga nun. „Wir kannten deinen Ur-Großvater, junger Mann! Und er war kein Mann, der einen Freund in der Klemme hat sitzen lassen! Dimitri hat mich und Roberto mehr als einmal gerettet!"

„Ja klar, sie kannten meinen Urahnen, alles klar!" Kevin fuhr zu mir herum. „Wenn das einer deiner Späße ist, Mary.."

„Kevin, darf ich dir Olga und Roberto Komanowa vorstellen? Beide sind so um die 450 Jahre alt. Erinnerst du dich daran wie du selbst mir erklärt hast, wie alt Defender werden können?"

Kevin stolperte und fiel rückwärts. Er landete auf meinem Bett. Sekundenlang bekam er kein Wort heraus.

„Ja, solche Wirkung habe ich auf Menschen." ulkte Roberto. Er zog Olga zu sich, beide setzten sich neben Kevin und strichen ihm behutsam über die Hände. „Ganz ruhig, junger Mann, gut durchatmen." sagte Olga.

„Oh Gott, wie kommst du immer an solche Typen Mary? Warum passiert immer dir so etwas beklopptes? Du willst mir jetzt doch tatsächlich erzählen, du hättest den letzten der Defender gefunden, der die Burg besucht hat, der hier ausgebildet wurde?!!" Kevin hob seinen Kopf und sah zu Roberto, der sich nun elegant verbeugte.

„Ich hoffe doch, dass meine Straftat mittlerweile verjährt ist. Immerhin sind 400 Jahre ins Land gegangen." sagte er amüsiert.

„Nein, nein, nein. Nein." Ich bin ebenso bekloppt wie Geoffrey! Dein Wahnsinn ist ansteckend, Mary Cooper Clarens!" stöhnte Kevin.

„Du hast nicht nur das Aussehen deines Vorfahren, du hast auch seinen Charakter geerbt." stellte Olga amüsiert fest. Sie betrachtete Kevin und ein Grinsen erschien auf ihrem Gesicht. „Junger Mann, du hast bereits einen Plan ausgearbeitet um Geoffrey da rauszuholen, und glaubst wir würden alles durcheinander bringen."

Kevin lief hochrot an. „Ja hatten wir, aber Geoffrey weigert sich zu fliehen, er akzeptiert sein Urteil." sagte er und schwieg einen Moment. „Du bist hier um uns zu helfen." sagte ich hoffnungsvoll.

Kevin schüttelte heftig seinen Kopf. Er stotterte fast. „Nein! Ich bin hier weil Geoffrey mich geschickt hat. Er hat seine Strafe akzeptiert und wird das Urteil über sich ergehen lassen. Ihr sollt verschwinden, er ist schuldig!"

„Das werde ich nie im Leben glauben! Geoffrey würde nicht töten!" schrie ich jetzt.

„Er hat es aber getan. Katharina hat ihn erpresst, sie hat ihn unter Druck gesetzt. Seit seiner Ankunft hier vor drei Monaten hat sie alle Hebel in Bewegung gesetzt um Geoffrey wieder für sich zu gewinnen. Sie hat nichts unversucht gelassen. Ihm immer wieder eingeredet, von dir zu lassen. Sie glaubte ja du seist tot. Doch dann eines Nachts, als Geoffrey todmüde von einer neuerlichen Sitzung in sein Zimmer kam, lag Katharina nackt in seinem Bett. Bevor er es bemerkt hatte, hatte er sich ausgezogen und sie sein Muttermal gesehen... Sie wusste ja von früher." Kevin zögerte einen Moment und sah zu mir. „Nun ja du weißt ja, dass sie früher ein Paar gewesen waren. Also sie wusste, was passiert sein musste und versuchte daraufhin, Geoffrey zu erpressen. Sie wusste plötzlich dass er ebenfalls zum Defender geworden war. Sie setzte ihn unter Druck. Dann verlangte sie, er solle wieder mit ihr schlafen... daraufhin eskalierte alles, als Geoffrey ihr sagte, das könne er nicht, da er dir, Mary gehört, nur dir. Katharina war nicht dumm. Sie zählte drei und drei zusammen und wusste plötzlich, warum Geoffrey damals das Kloster wieder verlassen hatte. Sie wusste plötzlich, dass er dich wieder gefunden hatte und du noch lebst." Kevin schluckte tief.

„Katharina griff ihn an, sie griff Geoffrey an und schlug in irrsinniger Wut nach ihm, sie biss und kratzte ihn... Geoffrey sagt, so habe er sie noch nie erlebt... er habe sich umgedreht um den Raum zu verlassen, da schrie Katharina, sie würde das Kloster schließen, alle Kinder in andere Häuser bringen lassen und dafür sorgen, dass er und du, Mary, vor Gericht gestellt werden würden."

„Was passierte dann?" fragte ich, Tränen erstickt. „Warum wird behauptet, Geoffrey hätte sie getötet!"

„Weil er es getan hat. Die Wut steigerte sich so dermaßen in Ihm, weil sie dir etwas angedroht hat, dass er sich umgedreht hat, und zurück schlug. Katharina flog gegen die Wand und brach sich das Genick." Geoffrey hat keinerlei Erinnerung daran, er weiß nur noch wie wütend er geworden ist, als sie drohte, dich fangen und herbringen zu lassen. Aber als die Wut weg war, da lag Katharina tot an der Wand." Kevin fuhr sich durch die Haare und schwieg.

„Da kann etwas nicht stimmen an der Geschichte." sagte ich leise. „Ich weiß doch, wie stoisch Geoffrey ist. Er würde überlegen, aber nicht schlagen." Dann überlegte ich. „Wann siehst du ihn wieder? Wann kannst du ihn besuchen? Sag ihm das ich an ihm glaube." befahl ich. Dann rannte ich zu meinen Rucksack und zog einen kleinen fast vergilbten Brief heraus. „Gib ihn den, wenn du ihn siehst. Sag dem Idioten, das ich ihn dort nicht verrecken lasse!"

Kevin nahm den Brief und lächelte. „Ist das DER BRIEFF? Geoffrey hat mir neulich davon erzählt Hat mir erzählt wie er dich damit erpresst hat." Kevin grinste etwas schief. „Er sagte er bedauere es, ihn nie gelesen zu haben." Dann seufzte er. „Hör zu, Mary, es fällt mir schwer, es dir zu sagen... Ich werde ihn Geoffrey übergeben, es wird ihm Trost spenden in seinen letzten Stunden."

Ich schrie auf, ich ahnte, was er mir sagen wollte, musste.

„Geoffreys Hinrichtung ist in 18 Stunden, Liebes. Er wollte nicht, dass du davon erfährst. Mirow und ich überlegen fieberhaft, wie wir sie verhindern können, doch uns fällt nichts ein. Und Geoffrey ist nicht gerade hilfsbereit, er akzeptiert seine Strafe." schloss Kevin. „Deshalb schickt er mich, ich suche bereits den ganzen Tag alle Hotels hier ab. Er lässt dir ausrichten, du sollst abhauen. Nur wenn er weiß das du in Sicherheit bist, kann er ruhig sterben."

„Aber er hat mein Blut! Er kann nicht sterben! Er wacht wieder auf!" widersprach ich. Ungläubig sah ich, wie Kevin, Olga und Roberto den Kopf schüttelten. „Nicht bei der Methode die die Gemeinschaft anwendet." sagte Roberto ernst. "Die haben Übung darin. Sie töten ihn, und wenn seine Seele im Zwischenreich ist, vernichten sie seinen Körper... Ohne Körper bleibt die Seele im Zwischenreich und wandert irgendwann weiter."

„Bring ihm meinen Brief! Und wenn der Idiot glaubt, ich ließe zu, dass er getötet wird, so täuscht er sich. Er ist unschuldig und wir werden es beweisen, doch es bringt nichts die Lösung zu kennen, wenn er tot ist. Bestell es dem Arschloch! Er soll nicht glauben uns alleine zu lassen." sagte ich wütend, meine Trauer und meinen Schock ignorierend. Be-

tretenes Schweigen trat ein. „Wenn jemand bekloppt genug ist Geoffrey dort raus zu kriegen, dann du." sagte Kevin. „Ich bringe ihm deinen Brief, er wird sich sehr darüber freuen."Kevin erhob sich und kam zu mir herüber um sich zu verabschieden. Dann stockte er...
„Was hast du vor, Mary? Ich sehe ein Funkeln in deinen Augen, das mir sagt, du hast bereits einen Plan gefasst." sagte Kevin zögernd. Ich schob ihn zur Tür. „Geh, je weniger du weißt, desto weniger kannst du Geoffrey warnen, er bringt es fertig, den Plan zu verraten um mich zu retten." Dann schloss ich die Tür hinter Kevin und lehnte mich dagegen. „So Leute wir haben zwei Vorteile... wir haben zwei Defender und die Typen hier haben seit Jahrhunderten keine Erfahrung mehr mit ihnen." sagte ich, dann sah ich in die Runde. „Seid ihr dabei?" Alle nickten. „Okay, ich brauche euch alle, aber die Hauptlast liegt auf dir Roberto. Ich weiß, du kannst Menschen wie Marionetten bewegen, wenn deine Seele in ihnen ist. Das musst du Olga und mir beibringen."

Meine Seele wanderte durch den Kerker und suchte Geoffreys Zelle. Dann fand ich ihn...Er saß auf seinem Bett und wischte sich eine verlorene Träne fort. Dann seufzte er laut. Er hatte meinen alten Brief in den Händen, es schien als habe er ihn bereits hundert Mal gelesen. Immer wieder strich er liebevoll über das Papier.

Lieber Mister Mc. Laine (Goffy)

Ich weiß ja, sie sind tot. So richtig tot, abgenippelt, abgetreten, verreckt. Sie sind ab, Einfachflug in die ewigen Jagdgründe. Irgendwo in Walhalla und amüsieren sich wahrscheinlich mit einer Walküre... und es ist zu spät ihnen zu sagen, wie sehr ich sie liebe und immer lieben werde. Ich bin erst 17, Jahre alt, okay. Sie haben in mir immer nur das nervende, unreife, arrogante Mädchen gesehen. Eine Göre die weder Regeln noch Disziplin kennt. Viel zu jung für sie, werden sie sagen, aber kann eine 17Jährige nicht auch zu solchen tiefen Gefühlen fähig sein? Ich liebe sie wirklich sehr.
Ich kann nichts dafür... Ganz ehrlich... Seit sie vor zwei Jahren meine Klas-

se betreten haben, ist es um mich geschehen.

Ich sah sie und Bumm!!! Wie sie dort vor mir standen, groß, durchtrainiert, schön. Ganz in schwarz gekleidet. Da war es um mich geschehen! Verdammt, bis zu dem Zeitpunkt wusste ich nicht einmal dass ich auf solche Typen wie sie stehe...(Bis Dato hing ein Poster von Justin Timberlake über meinem Bett).

Nun ja, Jedenfalls ist es passiert. Mein Herz wanderte zu ihnen und blieb dort...

Susan sagt, ich hätte einen mächtigen Knall, sie findet sie höchstens so lala... allenfalls Durchschnitt. Und sie machen ihr etwas Angst. Aber das ist mir egal. Ich kann nicht anders! Mein Herz wird ihnen immer gehören. Trotz des Altersunterschieds... aber, jetzt sind sie plötzlich tot. Haben sich aus den Staub gemacht... Fahrkarte ins Jenseits einfach, ohne Rückfahrkarte...VERDAMMT!

Nun ich sterbe ziemlich oft, so oft das ich wahrscheinlich demnächst einen eigenen VIP Eingang in die ewigen Jagdgründe bekomme... Ja, sie lesen richtig, alles was ich ihnen damals, über eine Kloschüssel gebeugt, erzählt habe, entspricht der Wahrheit. Ich bin bereits 11x gestorben und immer wieder wache ich auf, mit der Zeit wird das richtig gehend langweilig.... aber wenn ich jetzt sterbe, vielleicht treffe dann sie dort und sie merken, dass ich damals nicht gelogen habe??? Denn es hat mich tief getroffen, dass sie mir nicht geglaubt haben. Sie waren der einzige, na ja außer Susan, dem ich es je erzählt habe...

Übrigens tief betroffen... Ihre ganze Liebeleien mit den weiblichen Lehrern hat mich tief getroffen!!!. Man war ich wütend.

Ich war es der ihnen die Kartoffel in den Auspuff gesteckt hat... sie haben sich mit Miss Clark aus der 9. verabredet und wollten mit ihr Essen fahren... nun das ging nach hinten los, weil ihr schöner Wagen nicht ansprang... ob es mir leid tut? Nein...

Ihre zugeleimte Zimmertür? Das war ich auch... Ich habe ziemlich viel Kraft müssen sie wissen. Leim auf den Türrahmen und kräftig ziehen.. warum? Sie haben Miss Ludero zu sich eingeladen... die Frau ist ätzend und ihre Hupen sind unecht... wirklich ihre Brüste sind falsch... nun Zimmertür zu, Stelldichein gestrichen. Wie lange hat der Hausmeister gebraucht ? 4 Stunden. Damit sie wieder in ihr Zimmer konnten??? Ob es mir leid tut? Nein., nein, nein, denn ob sie wollen oder nicht: SIE GEHÖREN MIR!

Für die letzte sechs von ihnen, wollte ich ihnen in der Nacht eine Glatze rasieren, sie hätten es überhaupt nicht bemerkt, ich kann nämlich sehr gut Menschen manipulieren, zum Glück hat Susan mich davon abgehalten. Dabei haben sie Schuld dass ich eine Sechs geschrieben habe... denn es ist viel schöner auf dem Bett zu liegen und von uns als Paar zu träumen als staubtrockene Geschichtszahlen zu pauken... Ich liege dann auf dem Bett und träume von uns. Wir beide, verheiratet, drei Söhne, ihr Aussehen, meine Haarfarbe. Na gut, einer dürfte ihre Farbe haben.

Egal, sie sind nun tot, und ich muss meine Träume begraben... Verdammt, Ich wünschte mir so sehr, sie wären wie ich..., dann wäre ich nie mehr so alleine nicht die einzige, die nicht sterben kann... dann gäbe es eine Chance für mich weiter zu träumen...

Mister Geoffrey Mc. Laine, ich liebe sie. Und ich denke, es wird immer so bleiben. Ich werde sie immer wieder in all den anderen Männern suchen, die mir in meinem Leben noch begegnen werden. Und diese armen Idioten werden keine Chance gegen sie haben... Einmal noch will ich es schreiben...

Ich liebe dich Geoffrey Mc. Laine

Wieder hob Geoffrey den Brief um ihn erneut zu lesen. „Was für ein Glück, dass du auf Kevin gehört hast, und abgereist bist, mein Liebling." flüsterte er. „Ich könnte es nicht ertragen, zu sterben, wenn du in meiner Nähe bist... du musst leben, leben für uns. Sie dürfen dich nicht in die Hände bekommen. Sie würden versuchen dich zu ändern. Bleib immer so wie du bist. Tu mir den Gefallen." Liebevoll strich er erneut über das Papier. „Bleib immer die Mary, die ich so liebe"

Olga schüttelte heftig meinen Körper, mein Zeichen zurück zu kehren. Wir beide, sie und ich, standen an einer Ecke in der Nähe der Burg und warteten. Anscheinend war die Person, auf die wir warteten, eingetroffen. Meine Seele schlüpfte in meinen Körper zurück und ich richtete meinen Blick auf den dunklen Waldweg der vor uns lag. Richtig, die Dienstmagd kam nun um die Biegung herum und sang fröhlich. Jetzt blieb sie wie angewurzelt stehen, Olga war in ihren Geist geschlüpft und übernahm die Kontrolle. Roberto war bei ihr und half ihr. Er würde für mich übersetzen.

Ich folgte dem Dienstmädchen, das Ivanna hieß, wie Olga herausgefunden hatte.

Wir betraten die Burg durch eine kleine Tür für das Personal, es war fast zu einfach. Ivanna/Olga führte mich den Gang hinunter dem Kerker zu. Sie schnappte sich die Putzutensilien und ranzte mich herrisch auf Russisch an, ihr zu folgen.

„He Ivanna, wem hast du denn dabei?" fragte einer der Wächter.

Der Mann lehnte sich grinsend an der dreckigen Wand und schnitzte gelangweilt an einen Stück Holz.

„Meine Cousine, ist zu Besuch." antwortete Ivanna/Olga. Roberto übersetzte für mich. „Sie ist etwas schwachsinnig und kann nicht allein gelassen werden. Ich musste sie mitbringen." sagte Ivanna/Olga weiter. Dann lachte sie gehässig auf. „Und sie kann unseren Delinquenten etwas auf andere Gedanken bringen. Er hat ja nur noch ein paar Stunden."

„Wissen die Hohen Tiere davon, dass du sie dabei hast?" fragte einer der Männer und ich begann unwillkürlich zu zittern. Was wenn sie mir verboten, Olga zu folgen? Allein würde sie Geoffrey nie dazu bewegen, ihr zu folgen... „Die?" antwortete Olga. „Die wissen nicht einmal das wir existieren, da fällt meine dämliche Cousine nicht auf." Olga stieß mich grob in Richtung Zelle. Gutmütig ging ich einige Schritte.

„Wo du Recht hast, hast du Recht." Die Wächter lachten und winkten uns durch. Einer der Männer kam hinter uns her. Er schlug mir auf den Hintern. „Hat einen hübschen Hintern, deine Cousine." sagte er grob.

„Etwas Verstand wäre besser." antwortete Olga. Wieder stieß sie mich weiter. Die Wachen lachten laut.

„Du Idiot. Das kriegst du wieder." dachte ich. Ich lächelte schwachsinnig und wunderte mich, weshalb mein Plan so gut klappte.

Wir gingen den Gang hinunter und blieben vor Geoffreys Zelle stehen. Man hatte ihm bereits eine schwere Kette um die Fußgelenke gelegt, bald würde man ihn abholen. Er schien sich mit seinem Schicksal abgefunden zu haben, hielt meinen Brief wie einen Rettungsanker fest und starrte auf das Papier...Er sah nicht auf, als wir das Schloss öffneten. „Verdammt! Verschwindet. Ihr könnt putzen wenn sie mich geholt haben!" schnauzte er.

„Halte die Klappe, Idiot. Und erhebe dich, die Sonne ruft!" sagte ich leise. Geoffrey schoss aus seinem Bett und starrte mich überrascht und wütend im nächsten Moment an. „Was willst du hier? Wie kommst du hier rein!" zischte er wütend.

„Durch die Tür! Durch Wände gehen klappt noch nicht so gut! Idiot" schnauzte ich ihn an. Olga verdrehte die Augen...

„Haut ab, verdammt!" zischte Geoffrey. „Soll ich zusehen wie sie dich umbringen, Blödmann?" fauchte ich zurück. Dann fasste ich die schwere Kette, die man ihm umgelegt hatte, und zog, die Glieder verbogen sich und gaben nach. Ungläubig sah Geoffrey mich an. „Ich weiß ja, wie stark du bist, aber so stark?" fragte er staunend. „Ja,ja, ja ich habe immer brav meinen Teller leer gegessen." antwortete ich genervt. Ich legte meine Hände um die Fußfessel und bog die Klammer auf, mit einen kleinen Pink gab sie nach, Geoffrey war frei...

„He, Was ist da los?" Die Wachen waren hellhörig geworden und kamen um die Ecke. Ihre Waffen im Anschlag kamen sie rasch auf uns zu. Ich zerrte Geoffrey gewaltsam aus der Zelle und rief Susan. „Waffen!" forderte ich. „Keine Gewalt!" schnauzte Geoffrey. Doch ich hatte bereits eine Armbrust mit Pfeilen in den Händen. „Du schlägst mir nicht nochmal auf den Arsch!" fluchte ich. Ohne Geoffreys Einwand zu beachten, schoss ich, die Pfeile trafen und beide Wachen sanken in sich zusammen. „Betäubung" erklärte ich Geoffrey. Dann zerrte ich den Mann weiter durch den Gang. „Das ist Irrsinn!" schrie Geoffrey. „Das schaffen wir nie!"

„Halte die Schnauze und lauf!" antwortete ich. Wieder zerrte ich ihn weiter.

Jetzt erschienen andere Männer, sie waren auf dem Weg Geoffrey zu holen. Erst jetzt merkte ich, wie knapp wir gekommen waren, eine Minute später...

„Verdammt, sie kommen zu früh!" fluchte ich. Wieder rief ich nach Susan. Eine Terrakotta Armee erschien aus dem Nichts und versperrte den Weg der Männer, die aufschreiend zurück wichen. So etwas hatten sie noch nie erlebt, es machte ihnen Angst. Damit hatte ich gerechnet und gehofft, es war die gleiche Reaktion, wie die des Rats, damals als ich Timothy gefunden hatte.

„Dein bekloppter Plan könnte tatsächlich funktionieren!" fluchte Geoffrey, als er sah, wie die Wächter zurück wichen. Er folgte uns jetzt widerstandslos. „Mary Cooper Clarens, Du bist verrückt! Du bist so was von bekloppt!"

„Weniger reden, mehr laufen!" schrie ich ihn an. Ich zerrte ihn weiter die Treppe hoch, uns folgten die Terrakottakrieger, schwerfällig, träge, gefährlich. Sie schlugen alles und jeden, der ihnen zu nahe kam nieder. Eins war mir klar, die Burg war sehr schlecht bewacht, es war wahrscheinlich noch nie vorgekommen, dass ein Ausbruch stattgefunden hatte. Die Wächter waren komplett überfordert, als ich erneut Waffen verlangte und Betäubungspfeile verschoss. Susan zeichnete, ich schoss uns den Weg frei. Wir hatten die Tür erreicht, sie war verschlossen.

„Verdammt!" schrie Geoffrey, „Die Tür geht nur in eine Richtung auf!" Er rüttelte verzweifelt an der Tür.

„Nicht mehr lange!" schnauzte ich und trat mit Wucht gegen die Tür, sie sprang mit einem lauten Knall auf. „Du machst mir Angst!" flüsterte Geoffrey, als wir durch die zerstörte Tür in die Dunkelheit flohen, gefolgt von Olga und den Terrakottakriegern.

Susan übertraf sich selbst, einige der Krieger blieben zurück und versperrten die demolierte Tür, so dass uns die Wachen nicht folgen konnten. Wir rannten über den Hof, dem Wald entgegen. Jetzt waren die anderen Männer hinter uns her, sie schossen, sie meinten es also ernst... Immer noch zog ich Geoffrey hinter mir her, er der sonst immer schneller gewesen war wie ich, stockte und weigerte sich plötzlich weiter zu laufen. „Was???" schrie ich, eine Kugel verfehlte mich um Haaresbreite und schlug in einen Baum. Geoffrey blieb stehen und versuchte, meinen Griff um seine Hand zu lösen. Jetzt kämpfte er gegen mich, wollte unbedingt zurück zur Burg. Er zerrte, ich ließ ihn nicht los.

„Zwang, sie üben Zwang auf ihn aus!" rief Olga. „Sie haben einen Bann über ihn gelegt, damit er nicht flieht!" Sie war weiter gerannt und suchte Deckung hinter einen der Bäume. „Deshalb so wenig Wachen. Sie brauchten nicht mehr durch den Zwang!"

„Geoffrey, bitte beweg dich" schrie ich ihn an, er reagierte nicht, versuchte erneut meinen eisenharten Griff zu lösen. Immer noch schossen die Wachen, sie kamen nun bedenklich näher. „Geoffrey bitte beweg dich!" schrie ich, doch er kämpfte weiter gegen mich. Ich war am Verzweifeln...

Plötzlich sprang wie aus dem Nichts Kevin aus einem Gebüsch. Er kam zu uns, noch im Laufen hob er seine Faust und schlug den vollkommen überraschten Geoffrey mit voller Kraft nieder, Geoffrey sank ohnmächtig zusammen. Kevin warf ihn sich über die Schulter und rannte in die Dunkelheit. Ich folgte. Eine Kugel streifte meinen Arm, ich biss die Zähne zusammen und rannte weiter...

Vier gleich aussehende Autos standen am Straßenrand, als wir das kleine Waldgebiet hinter uns gelassen hatten. Ich staunte, ich wusste zwar, dass Roberto zusammen mit Nick und Susan hier mit zwei Wagen auf uns warten wollten, doch von den anderen Wagen hatte ich keine Ahnung gehabt.

Ich sah Roberto und Olga davon fahren und seufzte erleichtert auf. Die beiden waren in Sicherheit.

Mirow saß am Steuer eines der Autos, am anderen Steuer saß Nick und in den dritten Wagen sprang Kevin, nachdem er Geoffrey in Nicks Wagen gelegt hatte. Ich sprang zu Nick und er fuhr ohne zu warten los. Die anderen Wagen fuhren in die entgegengesetzte Richtung, teilten sich und verschwanden ebenfalls in der Nacht...

„Wie ist das möglich?" fragte ich Susan, die neben Nick saß und sich nun zu mir umdrehte. Es war gefährlich denn Nick raste mit dem Wagen durch enge Gassen...

„Kevin hat nie auch nur eine Sekunde geglaubt dass du aufgeben würdest. Er tauchte hier mit Mirow auf, zwei weitere Autos, zwei weitere Spuren, die die Wachen verwirren würden. Das erhöht unsere Chance zu entkommen. Mirow wusste, von dem Augenblick, da er hörte du bist im Lande, dass es doch noch eine Chance für seinen Sohn gibt!" Sie musste schreien, der Motor des Wagens war extrem laut. Nick trat so dermaßen aufs Gas, das die Maschine laut protestierte. „Mirow sagte, wenn es einer schafft, Geoffrey dort raus zu holen, das nur du es sein kannst." Susan grinste. „Ich soll dir von Elsa ausrichten, egal was passiert, sie liebt dich!"

„Ich liebe Elsa und Mirow auch!" sagte ich erstickt. Ich strich dem ohnmächtigen Geoffrey das Haar aus dem Gesicht und küsste seine eiskalten Lippen. Wären wir nicht gewesen, wäre er, mein geliebter Mann, jetzt bereits tot, gestorben für etwas was er nie getan haben konnte... das wusste ich so gut wie ich mich kannte... ich musste das verfluchte Rätsel lösen und zwar schnell...

„Schnalle dich besser an, Susan. Wir fahren jetzt auf die Autobahn!"
befahl Nick ungewohnt streng. Hinter uns tauchten Scheinwerfer auf.
Er erhöhte das Tempo und überholte gekonnt mehrere Autos, die laut
hupend protestierten. Dann bog Nick wieder ab und fuhr in eine kleine
Stadt, weiter in der Dunkelheit der Nacht...

Wir fuhren die Nacht durch. Irgendwann hatte ich den Überblick
verloren, wo wir überhaupt waren. Geoffrey schlief immer noch. Entweder war er wirklich müde gewesen, oder Kevin hatte einen mächtig
harten Schlag am Leib. Ich wagte nicht, zu schlafen. Was wenn Geoffrey
erwachte und der Meinung war, er müsste, wie ein Lamm zurück zur
Schlachtbank traben? Weder Susan noch Nick würden ihn dann zurück
halten können. Ich war wohl die einzige, die ihn in diesem Moment
dann bändigen konnte. Wieder strich ich ihm über das Haar, es war etwas zu lang, und ich merkte, dass Geoffreys Körperpflege in den letzten
Wochen zu kurz gekommen war. Nun ja, im Knast gab es keinen Fri-
seur... „Blödmann, du hättest längst frei sein können, wenn du mir auch
nur einen Ton gesagt hättest!" flüsterte ich. „Warum hast du nicht um
Hilfe gerufen?" Liebevoll küsste ich seine Stirn.

Langsam rührte Geoffrey sich, er bewegte sich vorsichtig, sein Kopf auf
meinem Schoß wandte sich und er starrte mich an... Wütend!? Super
Wütend! Mega Wütend! Er war wütend, dass er noch lebte???

„Mary Cooper Clarens! Das war mit Abstand das dämlichste was du je
getan hast!" zischte er mir zornig zu, bemüht, Susan nicht zu wecken,
die auf dem Beifahrersitz schlief.

„Nick, rate mal wer sich freut uns zu sehen." sagte ich laut, um Nick
darauf hin zu weisen, dass es Ärger geben könnte. Nick zuckte etwas
zusammen, er hatte verstanden und drosselte sofort das Tempo. Dann
fuhr er rechts ran, so wie wir es besprochen hatten. Er stupste Susan an.
„Pinkelpause!" sagte er zu der verschlafenen Susan. „Scheiße!" sagte sie
nur. Sie war sofort hellwach und sprang aus dem Wagen, bemüht uns
aus der Schusslinie zu gehen. Beide blieben abwartend in der Dunkelheit
stehen und warteten.

„Oh die Beiden haben tatsächlich dazu gelernt!" spottete Geoffrey. „Sind
in Deckung gegangen vor mir."

„Natürlich. Ich wollte sie aus der Schusslinie haben wenn du wieder wach wirst." gestand ich ihm, ich hob meine Hand und wollte ihn streicheln, doch er griff danach und umschloss fest mein Handgelenk, es schmerzte heftig, doch ich schwieg. Um keinen Preis der Welt würde ich es zugeben.

„Warum kannst du nicht einmal etwas akzeptieren, das sich nicht ändern lässt!" schrie er mich laut an. Er fuhr sich durch die Haare und schluckte schwer. „Begreife es endlich! Ich habe Katharina umgebracht! Ich habe sie getötet! Mit diesen Händen!" Er hob seine Hände, immer noch hielt er mein Handgelenk umklammert, und zeigte mir seine Handflächen. „Diese Hände haben gemordet!" Er verbog mein Handgelenk es schmerzte höllisch. Tapfer biss ich meine Zähne zusammen.

„Du hast sie nicht getötet! Das hast du nicht!" schrie ich zurück. „Das werde ich nie glauben!" Mein Blick glitt zu Susan, die ihren Block bereit hielt um mich mit Waffen zu versorgen, falls nötig. Ich winkte ab. Geoffrey sah es und verzog sein Gesicht. Susan und Nick, beide waren ebenso seine Freunde geworden wie sie meine waren. Beide hatten plötzlich Angst vor ihn...

„Mary, so gern ich das glauben möchte... es war aber so! Katharina war in meinem Zimmer, sie sah mein Mal und erpresste mich. Sie drohte mir und fast hätte mich wieder mit ihr eingelassen nur um dich zu schützen... doch ich konnte nicht! Ich konnte dich nicht betrügen... Das hat Katharina so wütend gemacht, dass sie mich schlug. Immer wieder wie außer Sinnen schlug sie auf mich ein." sagte er erschöpft. Seine Stimme hatte einen ruhigeren Ton angenommen. Er sank in sich zusammen und ich konnte endlich mein Handgelenk von ihm lösen. Es war rot und es würde morgen blau sein, doch das störte mich nicht.

Ich winkte Susan. Sie und Nick kamen nun wieder zum Wagen und setzten sich vorsichtig. „Hallo Kumpel!" sagte Nick betont fröhlich, doch Geoffrey antwortete nicht.

„Warum Mary, Warum bist du immer da, wenn ich..." Er legte seinen Kopf wieder in meinem Schoß, seine Hand wanderte über meinem Bauch um meine zu suchen. „Warum bist du nur immer so stur, so unglaublich selbstbewusst, so..."Dann erstarrte er... seine Hand blieb über meinem Muttermal liegen. Fühlte, drückte sanft und strich langsam, fast behutsam... „Mary Cooper Clarens?" fragte er erstickt „Hast du wirklich wieder mal dein Leben riskiert für mich, hast dich den Kugeln ausgesetzt und der Gefahr gefangen zu werden, nur um mich zu retten, obwohl du..." weiter kam er nicht. Ich beugte mich zu ihm herunter und küsste ihn sehnsüchtig. Wie lange hatte ich darauf gewartet. Hatte darauf gewartet ihn endlich wieder zu küssen.

"Natürlich, Großer!" sagte ich lächelnd. „Mir war langweilig. Habe doch sonst nichts zu tun."

„Du bist wirklich die unreifste, egoistische Frau, die mir je begegnet ist, ich bin so wütend auf dich, das ich schreien könnte..." Schnell küsste ich ihn erneut. „Bist du wieder normal? Ich bin unheimlich müde." sagte ich leise. Geoffrey zog mich an sich, wir kuschelten uns so gut es ging auf die Rückbank und endlich konnte ich etwas schlafen. Seine Arme umfingen mich, hielten mich, beschützten mich. Nick startete den Wagen erneut und fuhr weiter durch die Nacht. Alle schwiegen.

„Wo fahren wir hin? Nicht dass es von Belang wäre. Die Wächter werden uns überall finden." sagte Geoffrey nach einer Weile zu Nick. „Ach endlich spricht er auch mit uns." antwortete Nick mürrisch. Er bog in einen Feldweg ab und stoppte den Wagen. „Augen, Ohren, Reflexe funktionieren einwandfrei? Bist du normal genug um zu fahren? Ich bin zum Sterben müde." sagte er grinsend.

„Erwähne dieses Wort in meiner Gegenwart nach Möglichkeit nicht." bat Geoffrey. „Sterben ist ab sofort keine Option mehr für mich." Wieder drückte er kurz meine Hand. Er löste sich von mir, ich protestierte leise, dann rollte ich mich zusammen und schlief wieder. "Wohin?" fragte Geoffrey, doch er bekam keine Antwort. Nick schüttelte seinen Kopf und hielt ihm einen Zettel unter die Nase. Das war meine Idee gewesen, ich hatte Angst, man würde uns belauschen können. Vielleicht war der Zwang auf Geoffrey ja immer noch vorhanden...

Geoffrey las und nickte. Dann gab er Gas und wir fuhren weiter. Nick war zu mir nach hinten eingestiegen und schüttelte mich kurz. „Was hast du mit dem Kerl gemacht? Eben noch schrie er dich an und wollte unbedingt zurück um zu sterben, jetzt bringt er uns weiter weg!"

Ich knurrte nur und versuchte erneut einzuschlafen.

„Lass sie in Ruhe Nick!" befahl Geoffrey finster. „Mary braucht ihren Schlaf! Schlaf ist das wichtigste für sie im Moment!" Er war immer noch wütend, unendlich wütend. Er schlug auf das Lenkrad und ein neuer

Fluch folgte. Erst jetzt schien er alles voll begriffen zu haben was er soeben erfahren hatte. Der Wagen machte einen gefährlichen Schlenker, und Nick fluchte. „Vorsicht Großer. Nicht alle hier sind unsterblich, oder leben Jahrhunderte!"

„Wie jetzt? Woher weißt du denn davon?" fragte Geoffrey. Nick schwieg und überlegte was er sagen wollte, immerhin saß Geoffrey am Steuer und wenn er seine Kontrolle verlor...

„Hallo? Ich habe dich etwas gefragt!" donnerte Geoffrey gefährlich. Susan und ich wurden erneut geweckt.

„Von Roberto soundso... er ist der letzte noch lebende Defender, na ja außer dir und Mary." gab Nick endlich zu. „Der Typ behauptet so um die 450 Jahre alt zu sein."

„Verdammt natürlich, der Typ der neulich bei Mary war als sie mich im Knast besucht hat! Von ihm hat sie das Seelenwandern gelernt! Wie schafft es Mary nur immer wieder solche merkwürdigen Typen zu finden? Die Gemeinschaft sucht seit 400 Jahren nach ihm und seiner Frau... und meine liebe Mary stolpert so einfach über beide und bringt sie auch noch mal eben mit nach Russland." stöhnte Geoffrey. Er bog ab und fuhr jetzt durch eine nächtliche Stadt. „Wie macht sie das nur immer wieder?"

„Sag du es mir! Du kennst Mary seit ihrem 15. Lebensjahr... länger als ich, ich kenne sie seit 2 Jahren und mich erstaunt nichts mehr bei dieser Frau." antwortete Nick lächelnd. „Mary ist Mary... kämpferisch, stark, selbstbewusst und immer für eine Überraschung gut, oder? Und immer die Fähigkeit das richtige im richtigen Moment zu tun."

„Amen!" sagte Geoffrey nur, dass sagte alles, alles was es über mich zu sagen gab... jedenfalls für Geoffrey und Nick. Ich dämmerte ein und schlief tief...

4. Kapitel

Wenn ich glaubte, nun da ich Geoffrey bei mir wusste, traumlos schlafen zu können, so täuschte ich mich... Vielleicht lag es an den Geschichten, dem Erlebten oder der Tatsache, dass Geoffrey fest an seine Schuld glaubte. Ich schlief tief, sehr tief dafür dass wir mit hoher Geschwindigkeit in einem Auto unterwegs waren.

Ich erwachte und war wieder im Zwischenreich, gefangen zwischen Leben und Tod. Ich irrte ziellos herum, nicht wissend warum ich hier war, wonach ich suchen sollte, es waren doch alle, die ich liebte im Reich der Lebenden... war ich erneut gestorben? Waren wir verunglückt? Hatten wir einen Unfall gehabt? Ich schrie und suchte sofort nach Geoffrey, wenn ich hier war, konnte er doch nicht weit sein. Wieder rief ich laut nach ihm. Keine Antwort...

Eine traurige, sehr durchscheinende Person, eine Frau, vermutete ich, kam auf mich zu, sie rief meinen Namen, dann den von Geoffrey, ich konnte sie nicht verstehen, sie flüsterte, war zu weit fort... „Wer sind sie, was wollen sie?" gelang es mir zu fragen. Wieder rief sie meinen Namen. Doch sie schaffte es nicht, näher zu kommen... Jeden Schritt den sie näher kam, wich ich einen zurück, ängstlich, verwirrt...

Der Wagen hielt und ich schreckte aus meinem Traum, als Geoffrey mich sanft an der Schulter berührte. „Was ist mit dir, du hattest einen heftigen Albtraum!" sagte er liebevoll. „Eigentlich müsste ich die haben, so wie du meine Nerven strapazierst." Er wuselte meine wilde Haarmähne und grinste. Ich war komplett verwirrt. War das der gleiche Mann, der mich noch kurz vorher noch angeschrien hatte? Der Mann, der wütend gewesen war, dass ich ihm das Leben erneut gerettet hatte? Ich beschloss, ihm meinen Traum zu verheimlichen, es war wahrscheinlich nichts von Bedeutung, Bedeutung hatte für mich nur, dass er hier war und anscheinend sich beruhigt hatte. Seine Augen waren wieder klar, seine Stimme mit dem leichten Anflug von Humor wenn er mit mir sprach. Dann wurde er wieder ernst, sehr ernst. „Du bist sehr blass, Liebes... wann hast du das letzte Mal etwas gegessen... oder getrunken?" fragte er und sah besorgt aus.

„Nun" überlegte ich angestrengt. „Gestern, glaube ich." sagte ich dann, ich wusste es wirklich nicht mehr so genau. „Wohl eher vorgestern, Süße. Wir sind einen ganzen Tag unterwegs und die Nacht davor hast du mit Roberto dieses Seelending geübt. Ich habe dir zwar etwas hingestellt doch du hast nichts davon angerührt." mischte sich Susan nun ein. Sie reckte sich ausgiebig.

„Zwei Tage?" fragte mich Geoffrey leise mit zusammen gekniffenen Augen, seine Stimme hatte wieder einen dunklen, wütenden Klang angenommen. „Du hast seit zwei Tagen weder gegessen noch getrunken? Wie dämlich bist du eigentlich Mary Cooper Clarens?" fragte er mich so leise, dass Susan und Nick es nicht hören konnten. „Du bist ohne jegliches Verantwortungsgefühl!"

„Nein!" flüsterte ich zurück. „Das stimmt nicht! Immerhin habe ich dich daraus geholt. Glaubst du ich will alles allein durchstehen? Du warst ebenso daran beteiligt." Ich wischte mir wütend eine Träne aus dem Gesicht. „Ich brauche dich, du dämlicher Idiot!"

„Du hast Recht, entschuldige" flüsterte er erstickt und seufzte leise. Geoffrey zog mich aus dem Wagen und schloss mich in die Arme um mich fest an sich zu drücken. Ich bekam kaum Luft, aber das war mir egal. Mühsam drehte ich meinen Kopf. Erst jetzt sah ich, dass wir an einer Raststätte gehalten hatten, anscheinend mussten wir tanken.

„Geht ihr Lebensmittel besorgen, Geoffrey. Du sprichst die Sprache. Susan und ich werden uns um den Sprit kümmern." befahl Nick und Geoffrey nickte zustimmend. Er nahm meine Hand und zog mich hinter sich her ins Geschäft. Willig folgte ich ihn, glücklich ihn bei mir zu haben...

Geoffrey griff sich wahllos Sprudelflaschen, Sandwiches und andere, mir unbekannte Süßwaren und warf sie auf den Tresen. Dann sah er kurz zu mir. Ich griff grinsend in meine Hosentasche und förderte einige russische Geldscheine heraus. Er grinste, dann sprach er in fließendem Russisch mit dem Verkäufer. Ich schwieg. Da ich kein Wort der Sprache konnte, hatte ich Angst, uns zu verraten. Geoffrey wies auf unseren

Wagen draußen, der Verkäufer nickte und nahm die Geldscheine, die Geoffrey ihm reichte.

Plötzlich hielten zwei große schwarze SUV draußen vor dem Geschäft, ich erzitterte und drückte warnend Geoffreys Hand. Vier schwarz gekleidete Männer stiegen aus. Suchend sahen sie sich um. Geoffrey stockte und wandte seinen Kopf. Er verstand sofort. Er sagte einige schnelle Sätze zum Verkäufer und zog mich weiter in den hinteren Bereich. Jetzt betraten die Männer das Geschäft und sahen sich suchend um. „Verdammt" fluchte Geoffrey, „Jäger der Gemeinschaft! Die Elite der Wächter! Die werden uns finden. Das war es dann mit unsere tollen Flucht." Er sah sich suchend um. „Der Verkäufer sagte, es gibt hier keinen zweiten Ausgang. Wir sitzen in der Falle!"

Ich schüttelte meinen Kopf. So schnell würde ich nicht aufgeben. Dazu waren wir zu weit gekommen um jetzt das Handtuch zu werfen. „Nein, die bekommen uns nicht!" flüsterte ich wütend. Ich überlegte angestrengt. Dann hatte ich eine Idee.

Meine Hand zog Geoffrey zu den Toiletten. Ich riss die Tür der Damentoilette auf. 6 Kabinen, ich überlegte. Dann zerrte ich Geoffrey in den leeren Raum. Ich rannte zum Fenster und stieß es weit auf... „Nimm die letzte Kabine und stell dich auf die Kloschüssel" zischte ich ihm leise zu. Wenn wir Glück hatten, würden die Männer diesen Raum aussparen. Doch leider blieb uns dies Glück versagt. Die Männer kamen. Zwei Männer betraten den Raum und sahen sich langsam, suchend um. Ich hoffte, sie würden glauben, dass wir durchs offene Fenster geflohen seien, doch nein. Einige russische Worte folgten. Dann kniete sich einer der Männer auf den Boden und schaute unter die Kabinen. Keine Füße zu sehen. Sie wollten gerade gehen, und ich atmete bereits aus, als ich einen der Männer „Warte" sagen hörte, eins der wenigen russischen Worte, die ich gelernt hatte. Dann begann er, alle Türen der Kabinen nacheinander zu öffnen. „Verdammt" fluchte ich lautlos. Er hatte bereits die Tür meiner Kabine in der Hand und ich machte mich zum Kampf bereit, als sich die Tür des Raums öffnete und eine Gruppe junger Chinesinnen den Raum betrat. Sie schwatzten munter, lachten. Dann schrien sie auf, als sie die Männer entdeckten. Sie holten mit ihren kleinen modischen Handtaschen aus und schlugen empört auf die überraschten Männer ein. Sie schrien ihnen obszöne Begriffe hinterher, für die selbst ich keine

Übersetzung benötigte. Die Männer ergriffen hastig die Flucht. Wahrscheinlich vermuteten sie eh, wir wären durch das offene Fenster geflüchtet. Jedenfalls hörten wir erleichtert nur eine Minute später die lauten Motoren der SUV.

Die Mädchen lachten, schwatzten, zwei gingen zur Toilette, der Rest wartete. Dann verließen auch sie den Raum.

„Man, das war knapp." sagte Geoffrey, als er aus seiner Kabine stolperte. „Was für ein Glück das Frauen nie allein aufs Klo gehen." Vorsichtig sah er sich um, wir waren allein.

„Was jetzt?" fragte er mich, ich überlegte. Wenn Susan und Nick sich an ihren Plan gehalten hatten, dann hatten sie getankt, die Lebensmittel eingeladen und waren weitergefahren.

„Susan und Nick sind weg. Teil unseres Plans. Ich sagte ihnen, sollte so etwas passieren, sollten sie Gas geben und abhauen." Ich wollte beide nicht in der Schusslinie haben. Sie riskierten auch so schon genug.

„Endlich tun sie mal das was man ihnen sagt." ulkte ich.

„Dann sitzen wir hier also fest?" fragte Geoffrey nun. "Verdammt, was wenn die Jäger wieder kommen und uns erneut hier suchen!" Er begann unruhig hin und her zu laufen.

„Abwarten. Ruhig bleiben." sagte ich nur. Ich stellte mich vor einen der Spiegel und versuchte mein Haar zu bändigen, irgendwann gab ich es auf.

Geoffrey lief weiter unruhig durch den Raum, nicht begreifend dass ich so ruhig bleiben konnte.

Er fuhr sich durch seine Haare und seufzte. „Mary Cooper Clarens! Du bist wirklich das verrückteste, was mir je passiert ist. Das Leben mit dir lässt mir keine Minute Zeit zum durchatmen... Das muss sich ändern, wenn wir offiziell verheiratet sind." sagte er dann so ruhig, als würde er übers Wetter reden... Er nahm meine Hand um mich aus der Toilette zu ziehen.

„Moment, Auszeit, Stopp!" Ich stieß meine Hacken in den Boden und weigerte mich, die Toilette zu verlassen. „War das etwa eben tatsächlich ein richtiger Heiratsantrag?" fragte ich ihn verwirrt. Ich starrte ihn sprachlos an. „Leg es so aus, wenn du willst!" antwortete er und zum ersten Mal, seit ich ihn befreit hatte, lächelte er wieder.

Ich riss mich von ihm los. „Seit ich 15 Jahre alt bin, Mister Geoffrey Mc.

Laine träume ich von diesem Moment. Habe nächtelang wach gelegen und von ihnen geträumt. Ich habe mir so um die tausend Szenarien ausgedacht, wo sie mir einen Heiratsantrag machen könnten. Auf einem Schiff, auf einem Berg, unter Wasser, in einem Schloss und so weiter. Aber nie, auch niemals wäre ich auf die Idee gekommen, den Antrag auf dem Klo zu erhalten!" sagte ich wütend. Ich stemmte meine Arme in die Hüfte und lief wütend im Kreis.

„Und? Willst du? Willst du mich heiraten?" fragte Geoffrey und grinste noch breiter. Einladend hielt er seine Arme auf, meine Antwort kennend... „Glaubst du, du wirst mich je wieder los?" fragte ich ebenso grinsend und warf mich in seine Arme. „Antrag angenommen!" Wir küssten uns leidenschaftlich.

„Störe ich? Wir warten!" Olga steckte ihren Kopf zur Tür herein und lächelte, als sie sah, wie Geoffrey und ich uns küssten.

Lachend lösten wir uns voneinander. „Wie jetzt! Olga aus dem Zirkus? Es geht also weiter?" fragte Geoffrey überrascht und ich nickte.

„Hände waschen Kinder!" ermahnte uns Olga. „Ihr wart schließlich auf der Toilette."

„Jetzt wird mir klar, wie du die Burg finden konntest! Du hast dich daran erinnert wie ich mich damals mit Olga unterhalten habe!" überlegte Geoffrey während er mich vorsichtig über den Parkplatz zog. „Olga hat nebenbei erwähnt, die Burg zu kennen."

„Ich musste dich doch finden" antwortete ich grinsend. Ich zog ihn hinter mir her zum Wagen. Kurz sah ich zurück. Ich wollte diese kleine Tankstelle in Erinnerung halten. Mein sehnlichster Wunsch war hier in Erfüllung gegangen. Geoffrey wollte mich heiraten.

Roberto saß in einem alten Skoda und sah sich nervös um, er lächelte erfreut, als er uns auf sich zueilen sah. Er startete den Wagen und fuhr mit mehr Gas als nötig vom Hof. Geoffrey schwieg, neugierig sah er beide Menschen auf dem Vordersitzen an.

„Als Nick und Susan am vereinbarten Ort ankamen, ohne euch, sind wir los, wie geplant." berichtete Olga. Sie grinste über Geoffreys verwirrten Blick. „Plan von Mary. Sie hat uns an jeden strategischen Platz fahren lassen. So, dass wir euch immer in verschiedene Autos wegbringen."

„Woher habt ihr den Skoda?" fragte ich, das Auto war mir unbekannt.

„Den hat sich Roberto ausgeliehen" sagte Olga und machte entsprechende Zeichen mit ihren Fingern. Geoffrey stöhnte leise auf. „Mord, Ausbruch, Flucht, gestohlene Autos... was kann noch kommen?" fragte er erschöpft. Erst jetzt merkte ich, wie müde er eigentlich sein musste. Er hatte doch bestimmt seit Tagen nicht mehr richtig schlafen können. Na ja, wenn man weiß, man würde sterben...

„In der Kiste unten im Fußraum sind Brote und Wasser. Susan sagte, sie seien ziemlich wütend geworden, weil Mary mal zwei Mahlzeiten ausgelassen hat." sagte Roberto. Er sah nur kurz zu mir und runzelte seine Stirn, dann konzentrierte er sich wieder auf die Straße.

„Und sie sind?" fragte Geoffrey mürrisch, er begriff, dass niemand Bescheid wusste, und ich es auch dabei belassen wollte.

„Ich bin das 12. Bild. Links in der großen Halle in der Burg." antwortete Roberto nur und sah wieder auf die Straße. Er fuhr nun weiter auf der Autobahn, immer den Rückspiegel im Augenwinkel...

Ich sah, wie es in Geoffreys Gesicht arbeitete. „Der heilige Robert von Kalink?" fragte er dann. „Wirklich?"

„Wenigstens einer der seine Hausaufgaben gemacht hat, Hüter... oder sollte ich Defender sagen?" antwortete Roberto und nickte. „Robert von Kalink, lange nicht gehört, aber ja. So nannte man mich vor gut 400 Jahren."

„Natürlich, warum auch nicht. Das ist meine Mary. Nur sie kann so etwas, oder?" er griff in die Kiste und holte eine große Flasche Wasser heraus, die er mir schweigend reichte. „Austrinken, alles bis zum letzten Schluck!" befahl er. Ich nahm die Flasche und nickte dankbar. Erst jetzt merkte ich wie durstig ich eigentlich war. Erst als ich das Wasser ausgetrunken hatte, reichte er mir ein Sandwich. „Aufessen" seine Augen sahen zu, wie ich ein Stück nach dem anderen in meinen Mund schob.

„Du musst besser auf dich aufpassen." flüsterte er so leise, dass nur ich es hören konnte.

Ich nickte mit vollem Mund. Jetzt hatte ich Geoffrey ja wieder. Jetzt konnte ich endlich an mich denken.

Ein Lachen von der Vorderbank durchbrach die Stille, die während meiner Mahlzeit entstanden war. Neugierig hob ich meinen Kopf.

„Wissen sie, wissen sie, Hüter Mc. Laine... das in diesem Auto, in diesem Moment, alle noch lebenden Defender der Gemeinschaft unterwegs sind? Ich, Mary und sie... Hüter... Defender" antwortete Roberto und wartete. „Woher wissen sie es?" fragte Geoffrey.

„Ich merke, die Ausbildung in der Burg ist doch von Nutzen... Sie und Mary. Sie sind zwar Defender, aber haben keine Ahnung, zu was sie fähig sind. Ich sollte mich um ihre Ausbildung kümmern, was meinst du, Olga?"

„Du meinst, wenn wir hier lebend rauskommen? Ich mein, ich hoffe es... so ein paar Hundert Jahre hätte ich gerne noch mit dir, Liebling." Sie sah kurz hinter sich und grinste als sie mich ansah. „Warum nicht. Bislang sind wir Vagabunden gewesen. Mal ein paar Jahre einen festen Wohnsitz haben wäre auch nicht übel."

Wir schwiegen, eine ganze Weile sagte niemand etwas. Wir alle hingen unseren Gedanken nach. Was würde jetzt passieren? Wir waren auf der Flucht. Wir fuhren und fuhren, hielten nur um zu tanken, oder uns beim Fahren abzuwechseln.

Endlich bog Roberto in einen langen Waldweg ein und stoppte den Wagen. Er wies mit der Hand auf einen Hügel. „Dort oben ist eine kleine, alte Hütte. Sie diente vor ein paar Hundert Jahren mal Olga und mir als Unterschlupf. Vor ein paar Jahren wohnte dort mal ein alter Mann, der verstarb. Jetzt ist sie wahrscheinlich total verfallen, aber dort sucht euch niemand." sagte er.

Geoffrey nickte. Er nahm die Kiste mit den Lebensmitteln und stieg aus. Er hielt mir seine freie Hand hin und zog mich aus dem Wagen. Wir sahen zu, wie Roberto den Wagen wendete und davon fuhr.

Olga hatte uns gesagt, dass in zwei Tagen Kevin zu uns kommen würde, mit neuen Lebensmitteln und neuen Nachrichten.

Mirow war zur Burg zurückgekehrt, bevor jemand sein Fehlen bemerkt hatte. Dort wollte er weiter um Geoffreys Unschuld kämpfen, wie war ihm noch nicht klar...

Wir stiegen den kleinen Hügel hoch, ich war etwas kurzatmig, was Geoffrey natürlich sofort merkte und mir seine Hand reichte. Er zog mich das letzte Stück, dann standen wir vor einer kleinen Hütte. Die Hütte war in einem besseren Zustand als wir gehofft hatten. Irgendjemand hatte die Hütte anscheinend in den vielen Jahren immer wieder mal wieder in Stand gesetzt. Doch jetzt schien sie erneut verlassen. Es war sehr still hier.

Unschlüssig standen wir vor der Hütte. „Ähm. Lass uns rein gehen"
sagte ich nach einer Weile und zog an Geoffreys Hand. Er folgte mir,
schwieg...
Geoffrey war seit Robertos Abfahrt wieder in seine Gedanken versunken
und hatte kaum auf meine Fragen geantwortet.
Ich öffnete die Tür, es ging leicht, ich musste kaum Druck ausüben.
Dann standen wir in dem kleinen Raum, das einzige Zimmer. Inmitten
des Raums stand ein kleines Bett und ich unterdrückte ein Lächeln, es
erinnerte mich an das Bett das wir uns im letzten Sommer geteilt hatten.
„Bisschen klein, aber muss reichen" sagte ich munterer als ich mich
fühlte.
Geoffrey machte Feuer, obwohl wir Sommer hatten, war es hier in der
Hütte etwas kühl. Wahrscheinlich weil sie so lange unbewohnt gewesen
war.
„Wie lange sollen wir uns hier verstecken? Wie lange wollen wir auf der
Flucht bleiben? Die Wächter werden nicht aufgeben!" Jetzt sprudelte
alles aus Geoffrey heraus, alles ,was ihm seit einer guten Stunde beschäftigte. „Wir können nicht Monate oder Jahre auf der Flucht verbringen,
jetzt nicht mehr!" schnauzte er plötzlich.
„Müssen wir auch nicht. Wir werden das verdammte Rätsel lösen und
dann zurück zum Kloster fliegen" sagte ich möglichst zuversichtlich.
Dabei fühlte ich mich Hundeelend. Wir hatten keinerlei Anhaltspunkte,
keine Ahnung, was geschehen war und wie es weiter gehen sollte.
Geoffrey schnaubte nur laut und begann die Kiste mit den Lebensmitteln weg zu räumen. Wieder schwieg er einen Moment...
„Es gibt da kein Rätsel! Ich war außer mir vor Wut, ich raste als Katharina sich über dich ausließ, mir dann drohte, dir etwas anzutun." sagte
er nach einer kleinen Weile. „Ich habe den Tod verdient, Mary. Du hast
mir einige Zeit mit dir erkauft, indem du mich da raus geholt hast. Aber
das ändert nichts an der Tatsache, dass ich mich irgendwann meiner
Schuld stellen muss!" Er wurde erneut wütend. Er ballte seine Fäuste
und schlug auf den Tisch vor sich. Der Tisch gab nach und zerbrach.
Die runde Tischplatte rollte etwas über den Boden und fiel dann um.
„Na, dann gibt es ab sofort Essen im Bett" sagte ich, doch ich war nicht
amüsiert. Was war mit Geoffrey nur los? Solche Gefühlsschwankun-

gen waren für ihn ungewöhnlich. Gut, er hatte viel mitgemacht, war verhaftet worden und zum Tode verurteilt worden, aber seine sonst so ruhige, fast stoische Art war vollkommen verschwunden. Er schwankte von Himmel Hoch bis Tode betrübt. Das machte mir extrem Sorgen. Schließlich war ich doch eigentlich die emotionale in unserer Beziehung... Was wenn Geoffrey irgendwann beschloss, sich seiner vermeintlichen Schuld stellen zu müssen? Dann hätte ich ihn verloren. Diesmal endgültig. Mir musste schnellstens etwas einfallen.

„Ich bin müde" sagte ich sanft und zog Geoffrey zu mir. Ich öffnete seine harten Fäuste und schob meine Hände in seine Handflächen. Dann schob ich ihn zum kleinen Bett. „Lass uns etwas Schlafen" bat ich ihn. „Schlafen, Miss Clarens?" fragte Geoffrey nun plötzlich und versuchte ein winziges Lächeln. Seine gestaute Wut war plötzlich wie weggeblasen, merkwürdig... „Eventuell... später" flüsterte ich heiser. Ich strich mit meinen Händen unter seinen Pullover und wunderte mich, das er solche ein dickes Teil trug, obwohl es draußen angenehm warm war. Ich würde ihn später danach fragen, beschloss ich. Langsam, fast ehrfürchtig schob er mir das Haare beiseite und küsste meinen Nacken, ich belohnte ihn mit einem leisen Seufzen. Was hatte ich mich nach seinen Zärtlichkeit verzerrt. Wie sehr hatte ich ihn vermisst... "Mary, du solltest dich ausruhen, du..." flüsterte er an meinem Hals, seine Hand umfasste meine Brust und ich hielt unwillkürlich die Luft an. Ich zog ihn mit mir zum Bett und ließ mich fallen. „Geoffrey?" Mhhm?" „Halte deinen Mund und liebe mich!" befahl ich . „Wie Madame wünschen" sagte er heiser...

Es war schön, leidenschaftlich. Geoffrey hatte mich ebenso sehr vermisst wie ich ihn. Wir beide hielten nichts zurück, gaben uns , schenkten uns. Es war, als wollten wir die vergangenen drei Monate ungeschehen machen...

Wir lagen zusammen gekuschelt in dem kleinen Bett und genossen die Wärme des anderen. Es war wirklich eng, keiner von uns konnte sich richtig drehen oder wenden, ohne den anderen heraus zu befördern. Trotzdem wandte ich mich nun zu ihm herum, er protestierte und versuchte im Bett zu bleiben.

„Weichei" flüsterte ich amüsiert. „Gewöhne dich besser daran, ich werde immer mehr Platz benötigen." Ich hob meine Hand und strich ihm das etwas zu lange Haar aus dem Gesicht. Wieder küsste ich ihn, diesmal sanft, fast ängstlich.

„Wenn wir diesen Scheiß hier überleben, wenn es uns möglich sein sollte ins Kloster zurück zu kehren und dort alles wieder ins Lot zu bringen... wirst du die Wände des Klosters die nächsten Monate nur noch von innen sehen." Drohte er mir an. Er hielt meine Hand fest und küsste jeden einzelnen Finger.

„Hallo, was ist mit meiner Uni? Und was ist mit deiner Aussage, ich solle meinen Horizont erweitern... Partys und so weiter?" fragte ich ihm amüsiert. Mir war klar, die Uni war nun keine Option mehr für mich. Mich würde nichts mehr von Geoffrey trennen können. Und sein Platz war im Kloster...

„Das, meine Liebe, ist wohl kein Thema mehr im Moment, oder?" antwortete er müde. Ich spürte, er war wirklich erschöpft. Er drehte mich wieder um, so dass mein Po sich an ihn schmiegte und legte seinen Arm um mich. Wenige Sekunden später konnte ich ihn schnarchen hören, leise, ruhig. Er schien gut und ruhig zu schlafen.

Ich blieb wach um den Geräuschen draußen zu horchen. Ich war wachsam. Auch wenn Roberto glaubte, wir seien hier in Sicherheit, so hatte ich Angst. Angst, dass sie kommen würden und mir Geoffrey wieder fort nehmen würden....

„Schlaf endlich" Geoffrey war wieder wach und strich mir über die Schulter. „Ich werde hören, falls jemand sich nähern sollte. Im Knast habe ich gelernt, immer mit einem Ohr wach zu sein." Ein schmales Lächeln umspielte seinen Mund. „In den ersten Tagen haben sie mich zu den unmöglichsten Zeiten zum Verhör geholt." Er schob mich weiter unter die Decke und ich gab mich geschlagen, ich schlief ein.

Wieder versank ich in meinen Träumen.

Wieder war ich im Zwischenreich, die durchsichtige Person kam auf mich zu... und endlich erkannte ich sie. Es war Katharina Gallinow.

„Hallo Mary" sagte sie so freundlich, das ich glaubte, mich verhört zu haben. Ihr Mund lächelte, doch es lag keine Wärme darin.

„Sie noch hier?" fragte ich sie argwöhnisch. „Den Bus ins Jenseits verpasst?" Ich ging einige Schritte zurück, als sie vor mir stehen blieb. „Sie haben sich eingemischt" sagte sie ärgerlich. „Geoffrey sollte längst bei mir sein. Die Jäger werden sie finden. Sie zögern nur raus, was sich nicht ändern lässt."

„Sie werden Geoffrey nicht bekommen" widersprach ich und hob meine Hand um sie zu stoppen. „Ich werde um ihn kämpfen... sollte er dennoch sterben, werde ich ihm folgen." sagte ich ernst.

„Geoffrey hat gemordet, er hat keinen Grund mehr weiter leben zu wollen. Er hat seine Ehre verloren und somit den Sinn am Leben" sagte Katharina, wieder dieses abgrundtiefes Lächeln in ihrem durchsichtigen Gesicht. „Er sieht keinen Sinn mehr im Leben und wird bald kommen, dann gehört er mir, unendlich lange, denn ich weiß wie lange du leben wirst"

„Geoffrey will nicht sterben, jetzt nicht mehr" Er hat einen sehr wichtigen Grund zu Leben!" sagte ich fest, ich überlegte, was Katharina mir sagen wollte. Sie wollte sich brüsten, vielleicht half es mir, der Lösung näher zu kommen.

Jetzt riss sie ihre Augen auf, ihr Blick fuhr über meinen Körper, blieb an meinem Muttermal hängen. Anscheinend wusste sie nun, welchen Grund es für Geoffrey gab, am Leben und bei mir zu bleiben. „Er hat es gewusst! Er hat mich betrogen! Er sagte, ich könne den Hüter haben! Ich würde Geoffrey im Tode bei mir haben können!" Katharina schrie, schrie so laut, das ich ebenfalls schreiend erwachte.

Dunkelheit umgab mich. Geoffrey war sofort wach und hielt mich, während ich versuchte mich zu beruhigen. „Was ist los, Liebling?" fragte er mich leise. Ich keuchte, unfähig seine Frage zu beantworten. Ich schüttelte meinen Kopf und erhob mich um etwas zu trinken. „Ich habe nur schlecht geträumt" antwortete ich ausweichend. Geoffrey zog sich die Decke vom Bett und legte sie sich über seine Schultern, als er erneut den Kamin entzündete.

Wieder wunderte ich mich. Es waren jetzt angenehme Temperaturen im Haus, doch er schien furchtbar zu frieren. Jetzt zog er sich seinen Pullover über und setzte sich zu mir ans Fenster.

Gemeinsam schwiegen wir und warteten auf den Sonnenaufgang.

Zwei Tage später kamen wir gerade von einem Spaziergang durch den Wald wieder, als wir ein Auto am Fuß des Hügels bemerkten. Sofort versteifte sich Geoffrey und befahl mir in Deckung zu bleiben, er schlich zur Hütte. Kurze Zeit später hob er seine Hand um mich zu sich zu winken. Es waren Susan und Nick, die uns neue Lebensmittel brachten. "Kevin kann nicht kommen. Er wird in der Burg festgehalten und verhört. Sie verdächtigen ihn, deinen Ausbruch geplant und durchgezogen zu haben." erklärte Nick. „Sie wollen wissen, wer die Frau war, die dich aus deiner Zelle befreien konnte. Doch Kevin schweigt eisern" erzählte Nick grinsend. Er zog Geoffrey den Hügel runter um die Lebensmittel zu holen. Ich blieb mit Susan zurück.

„Wie läuft es mit Geoffrey?" fragte mich Susan. Nick war zusammen mit Geoffrey zum Wagen unterwegs, weitere Lebensmittel zu holen. „Ihr habt uns einen großen Schreck eingejagt! Wir dachten schon, hier hätte eine Schlacht stattgefunden." Susan wies auf den zerbrochenen Tisch und grinste. „Nick hatte Angst, sie hätten euch gefangen oder ihr wärt weg, als wir die Hütte leer vorfanden. Also wie geht es Geoffrey?" „Schlecht, gut... ich weiß nicht" antwortete ich ehrlich und zeigte ebenfalls auf den zerbrochenen Tisch. Dann verzog ich mein Gesicht. „Es ist schön, wunderschön ihn hier bei mir zu haben, wir haben tolle Nächte... sehr tolle Nächte." Ich grinste, als Susan ihr Gesicht verzog. „Hallo? Wir haben drei Monate nachzuholen!" Ich knuffte sie in den Arm. „Aber ansonsten wechseln seine Launen wie die Gezeiten am Meer." Ich seufzte laut. „Mal ist er überschäumend und voller Hoffnung. Im nächsten Moment bricht er zusammen und hat Weltuntergangsstimmung." „Du willst behaupten Mister Spaßbremse, stoisch und immer gut-überlegt, hätte Gemütsschwankungen?" fragte Susan erstaunt. Dann stockte sie. „Im Auto, auf der Flucht, da war es ebenso, oder?" Ich nickte, setzte mich aufs Bett und grub mein Kinn in meine Hand. „Es ist so untypisch für den Kerl, ich meine ja, er musste viel durchmachen in der letzten Zeit, aber es passt trotzdem nicht zu ihm, Himmel hoch Jauchzend und im nächsten Augenblick zu Tode betrübt zu sein... was ist nur los mit ihm!" Ich versuchte ein missglücktes Grinsen. „Wie kann ich ausflippen weil wir nicht weiter kommen, wenn er es schon immer tut!" Ich holte tief Luft und berichtete meiner besten Freundin, die Schwester meines Herzens, von meinen verrückten Traum. Sie lauschte schweigend, setzte

sich dann zu mir aufs Bett und legte ebenso ihren Kopf in die Hand.
„Also treibt sich diese Bitsch immer noch in der Zwischenwelt herum und wartet auf Geoffrey. Weil ihr irgendjemand versprochen hat, er würde ihr gehören, wenn er abnippelt?" fasste Susan zusammen.
Ich riss überrascht meine Augen auf und schluckte. Natürlich, warum kam ich erst jetzt darauf? Wie immer hatte Susan das Talent, mich auf die richtige Spur zu bringen. Ich liebte sie...
„Wem hat der immer brave Vorzeigeschüler Geoffrey so dermaßen auf den Slips getreten mit seinen großen Füßen, dass der an seinem Tod Interesse haben könnte?" fragte sie weiter.
„Wer hat große Füße?" fragte Nick, er kam mit Geoffrey zur Tür herein und trug eine große Kühlbox vor sich her. Geoffrey folgte mit mehreren Tüten. „Ihr habt doch wohl grade nicht überlegt dass Männer mit großen Füßen auch einen großen..." Susan legte Nick schnell die Hand auf den Mund und küsste ihn dann. Ich kicherte, Geoffrey grunzte, wieder ein Stimmungsumschwung. Ich seufzte. Hätten sie nicht fünf Minuten länger brauchen können? Susan hatte mich gerade ein ganzes Stück weiter gebracht in meinen Überlegungen...
„Mann ist das warm heute. Mir läuft der Schweiß nur so herunter" stöhnte Nick und zog sich sein T-Shirt ungeniert über den Kopf. Ich musste ihm Recht geben, auch ich trug nur ein Shirt und eine kurze Hose. Dann wandte ich meinen Blick zu Geoffrey. Der Mann entzündete doch tatsächlich erneut ein Feuer im Kamin.
„He, Mann, geht's noch?" fragte Nick ihn. „Wir haben über 30 Grad."
„Mir ist kalt" antwortete Geoffrey nur, er schob sich einen Sessel zum Kamin und griff nach seiner Decke.
Verwirrt sahen Nick und Susan mich an, wieder begann ich zu grübeln. Wir alle drei schwitzten, doch Geoffrey fror, er hatte die ganze Zeit gefroren, dabei hatten wir Hochsommer.
„Liebling, seit wann frierst du so?" fragte ich ihn. Ich ging zu Geoffrey und zog dabei die zweite Decke vom Bett, die ich ihn liebevoll über die Schultern legte. Dankbar kuschelte er sich hinein.
„Hast du gehört, Nick? Mary benutzt Kosenamen nur, wenn es ernst wird... ich denke sie hat eine Spur" flüsterte Susan und griff nach Nicks Hand.
Ich ignorierte sie und kniete mich zu Geoffrey, legte meinen Kopf in

seinen Schoß. „Seit wann?" fragte ich wieder. Er schien zu überlegen. „Seit ich gemordet habe!" antwortete er bitter. „Seit dem Moment wird mir nie mehr richtig warm. Es ist als sei alle Wärme aus mir entflohen. Die ersten Tage danach hatte ich ständig das Gefühl zu erfrieren, jetzt wird es langsam besser. Die Ratsmitglieder, die Richter glaubten es sei der Schock und mein Schuldbewusstsein, dass ich so friere."

Und plötzlich wurde es mir klar, alles fügte sich zu einem riesigen Gesamtbild. Ich erhob mich, strich Geoffrey das Haar aus der Stirn und küsste ihn sanft. „Deine Kälte hat nichts, aber auch überhaupt nichts mit Schuld oder Schock zu tun, Liebling. Aber ich denke, ich weiß endlich warum es so ist."

Dann ging ich und sammelte meine Kleidung ein. Ich sah zu Susan und Nick, die mich fragend ansahen.

„Ich muss umgehend mit Roberto und Olga reden! Es ist außerordentlich Wichtig. Ich denke, ich kann jetzt Geoffreys Unschuld beweisen!"erklärte ich nur.

„Süße geht es dir nicht gut? du willst euer sicheres Versteck hier verlassen um Olga und Roberto zu suchen?" fragte Nick unsicher. Zweifelnd sah er zu Geoffrey herüber. Unsicher, was er von meiner Bitte halten sollte.

„Nein!" schnauzte Geoffrey und erhob sich. Die Decken flogen auf den Boden. Wütend stieß er sie beiseite. „Ich verbiete dir, dich erneut in Gefahr zu bringen. Du bleibst hier! Erkläre uns, was du denkst!" sagte er nun etwas ruhiger und fuhr sich mit der Hand durch die Haare. „Du bringst dich nicht wieder in Gefahr! Wir können es auch regeln..."

„Das geht leider nicht Geoffrey, das alles, alles was dir passiert ist, ist eine sehr persönlich Sache. Eine Sache, die mich treffen sollte! Ich habe da ein Hühnchen zu rupfen mit drei Personen, oder na ja, eine Person, die anderen.." ich fluchte und verstummte, alle drei sahen mich verwirrt an, so als habe ich den Verstand verloren. „Egal, ihr werdet mich schon verstehen." sagte ich bestimmt.

„Das habe ich noch nie" sagte Nick.

„Willkommen in meiner Welt" sagte Geoffrey sarkastisch.

Wir fuhren die ganze Nacht hindurch. Es hatte noch einigen Streit gegeben, bis Geoffrey sich endlich bereit erklärt hatte mit mir zu fahren. Ich hatte keinen Hinweis gegeben, was ich vermutete, ich wollte kein falsche Hoffnung wecken, bevor ich mir ganz sicher sein konnte. Es war nur eine Vermutung, doch es waren zu viele Zufälle als das ich sie ignorieren könnte.

„Wann sind wir endlich da?" fragte ich nervös. Ich saß auf der Rückbank und vergrub angespannt meine Fingernägel in den Handflächen. Immer wieder sah ich mich um, in der Angst, die Jäger würden uns folgen. Jetzt griff Geoffrey meine Hände und hielt sie fest. „Du kratzt dich blutig, lass das" sagte er bestimmt. Ich nickte, begann aber nach einer Minute erneut damit.

„Ich sage es dir noch einmal, Mary" begann Nick. „Roberto und Olga sind in Petersburg bei Freunden. Wir haben noch ein Stück Fahrt vor uns. Schlaft etwas ihr beiden, ihr seht aus als könntet ihr es vertragen." Susan nickte bejahend.

„Ich habe das Gefühl, ich schlafe seit Tagen. Warum bin ich nicht eher darauf gekommen!" sagte ich wieder und wich Geoffreys Blick aus.

„Worauf, Verdammt. Sprich mit mir, Mary Cooper Clarens!" wollte Geoffrey wieder wissen, doch ich schwieg und streckte nur meine Beine aus. Ich musste in Ruhe noch einmal alles durchdenken. Ich konnte nicht mit irgendwelchen wilden Verdächtigungen vor das hohe Gericht treten und versuchen, Geoffreys Unschuld beweisen wollen.

Ich kuschelte mich an Geoffrey und schloss meine Augen, ich wusste die anderen erwarteten dass ich sie ins Vertrauen zog, doch ich zögerte. Es klang selbst in meinen Gedanken so bizarr, dass ich zuerst Robertos Meinung hören musste...

Wieder schlief ich und träumte. Wieder war Katharina da, sie schien auf mich gewartet zu haben. „Hallo tote Tante" sagte ich salopp. „Weißt du, ich kenne Menschen, die haben eine Schraube locker. Bei dir wackelt das ganze Gerüst. Was du getan hast ist unglaublich. So groß kann kein Herzschmerz sein."

„Ich liebe Geoffrey mindestens ebenso sehr wie du! Und ich wollte gewinnen. Um jeden Preis." Sie nickte nur traurig. „Du bist ein ernstzunehmender Gegner. Ich habe dich unterschätzt" sagte sie dann. „Wie hast du es geschafft, vier Jahre ohne ihn zu leben, als du dachtest, er sei tot?"

„Jeden Tag genommen, wie er kam, irgendwann lies dieser Wahnsinnsschmerz etwas nach. Aber vergessen habe ich Geoffrey nie" antwortete ich nachdenklich. „Wie gesagt, ich habe dich unterschätzt." sagte Katharina leise. Sie hob ihre Hand und ein Tisch mit Teegebäck erschien. Elegant setzte sie sich und bot mir ebenfalls einen Stuhl an.

"Mach dir nichts draus, das passiert jedem. Sie alle denken, ich sei dumm und hilflos" Ich deutete ein Gähnen an. Ich zog mir einen Stuhl heran und setzte mich rittlings darauf. Katharina verzog ihr Gesicht. „Du solltest wirklich an deinem Benehmen arbeiten, es wird in der nächsten Zeit allerhand von dir erwartet." sagte Katharina wieder. Ich zuckte nur mit den Schultern. „Hast wohl gemerkt dass du auf das falsche Pferd gesetzt hast?" fragte ich sie und grinste, als sie erneut das Gesicht verzog. „Bist diesmal ja richtiggehend angenehm zu ertragen. Ich muss sagen, der Tod bekommt dir gut..." Ich ergriff die mir angebotene Tasse Tee und lächelte. „Es muss übel sein... Jahrelang hast du andere Menschen manipuliert und intrigiert und nun wurdest du selber richtig mies reingelegt."

„Alle Achtung Rotschopf, du bist doch ziemlich klug... Ich muss sagen... wenn ich Geoffrey nicht haben kann, bist du doch keine so schlechte Wahl. Vielleicht hätte ich zu Lebzeiten etwas mehr so wie du sein sollen." Überlegte sie nun und trank Formvollendet ihren Tee.

„Das wird wohl nicht gehen, jeder der mich kennt, meint ich sei einzigartig" auch ich trank meinen Tee, allerdings etwas geräuschvoller. Wieder verzog sie ihr Gesicht und brachte mich damit zum Lächeln.

„Da ist etwas Wahres dran. Nur du kannst solche Dinge, außergewöhnliche Dinge schaffen. Nur du warst in der Lage, alle Teile zu einem Bild zusammen zu fügen." sagte Katharina. Dann lächelte sie traurig. „Ich hasse es zu verlieren... doch du hast gewonnen. Sage Geoffrey dass es mir sehr leid tut. Ich tat es aus Liebe, doch aus falscher Liebe." bat sie, dann wurde sie erneut durchsichtig und verschwand.

Ich erwachte und sah mich verwirrt um. Hatte ich gerade geträumt oder war ich wirklich zum Tee mit Katharina gewesen? Ich wusste es nicht, wusste nur, es war ein weiteres Puzzleteil, welches begann an die richtige Stelle zu rücken. Langsam erkannte ich ein Bild...

Endlich hielt der Wagen. Nick sah sich zu mir um. Geoffrey war einge-

schlafen und lehnte an mich. „Wir sind da, Liebes. Sollen wir mit hinein-
kommen?" fragte er mich nervös. Ich schüttelte meinen Kopf. „Wartet
im Auto, solltet ihr auch nur den Hauch von SUV sehen, gebt Gas und
bringt mir meinen Mann in Sicherheit." Ich gab Geoffrey einen kurzen
Kuss auf die Lippen, er schlief weiter. Er musste sehr erschöpft sein, ich
wunderte mich nicht mehr darüber... Schlaf tief und lange, mein Schatz"
hauchte ich ihm ins Ohr, dann stieg ich aus und klingelte.

Roberto erwartete mich im Salon, sein Freund hatte mir die Tür geöffnet und eine Verbeugung angedeutet, als er mich erkannte. „Sie müssen
Mary sein... wenn ich sie so nennen darf" sagte der Freund. „Ich bin
Karl, ein guter Freund von Roberto und Olga. Wir sind Jahrelang im
Zirkus umher gereist, jetzt bin ich im Ruhestand und lebe hier." erklärte
er, während er mich die Treppe hoch führte. „Roberto war so begeistert
von ihnen Mary. Er ist die ganze Zeit nur am Erzählen. Er meint, wenn
einer den Schlamassel entwirren kann, dann sie, sie seien so intelligent.."
„Können sie das noch einmal wiederholen, wenn mein Mann anwesend
ist? Intelligenz ist nämlich etwas, das er mir laufend abspricht." antwortete ich und verzog mein Gesicht zu einem schiefen Lächeln.
Karl lachte noch, als er die Tür zum Saloon öffnete, Olga kam mir
entgegen und umarmte mich, dann ging sie und ließ mich mit Roberto
alleine. Ich setzte mich zu ihm und schwieg einen Moment.
„Ich glaube, ich habe das Rätsel gelöst... aber ich brauche deinen Rat
dazu" begann ich dann. Roberto nickte. „Ich habe nichts anderes von dir
erwartet, Liebes!" Er zog an seiner Pfeife und blies kleine Ringe in die
Luft. Ich sah den Ringen nach und überlegte, wie ich beginnen sollte.
„Als du damals, also vor Jahrhunderten, Olga wiedererweckt hast, obwohl sie ja schon tot war." begann ich und sah wieder den Rauchringen
hinterher. „Da hast du Gevatter Tod sehr, sehr wütend gemacht, oder?
Was sagte Nicks Mutter noch damals zu mir? Der Tod lässt sich nicht
nehmen was ihm schon gehörte..." wiederholte ich ihre Worte. Roberto
nickte und legte seine Pfeife beiseite. „Als ich Olga aus dem Reich der
Toten zurückholte, habe ich Gevatter Tod sehr verärgert. Er hat sich
gerächt, indem er uns unseren einzigen Sohn viel zu früh nahm" sagte er
traurig. „Gevatter Tod ist sehr rachsüchtig. Warum fragst du?"

„Ich habe Geoffrey aus dem Reich der Toten zurückgeholt" sagte ich
und überlegte weiter. „Meinst du, Gevatter Tod würde sich anderer
bemächtigen um ihn sich wiederzuholen?" Unruhig lief ich durch den
Raum und wartete auf die eine Antwort die mir noch zur Lösung fehlte.
„Es gibt mehr als genug Legenden und Märchen, in denen von solchen
Dingen erzählt wird. Die Märchenbücher sind voll davon" sagte Roberto
schließlich. „Es ist leicht möglich. Hat Geoffrey denn Feinde im Jenseits,
die ihm schaden wollen?" Roberto ergriff wieder seine Pfeife und ich
schnupperte den würzigen Tabak, leider schlug es mir umgehend auf
den Magen. Und mir wurde leicht übel. Ich nickte.
Endlich ergab alles einen Sinn für mich. Die ganze Geschichte war ja so
einfach, so durchschaubar... wenn man einen Anhaltspunkt hatte.
„Geoffrey hat fürchterliche Gemütsschwankungen. In einem Moment ist
er überglücklich, im nächsten Moment total depressiv! Ihm ist laufend
kalt, er friert, selbst bei diesen warmen Temperaturen. Ihm wird nie
warm, die Richter meinen es sei der Schock über seine ungeheuerliche
Tat." sagte ich erneut. Sofort schüttelte Roberto den Kopf. „Meine Güte!
Natürlich! jetzt weiß ich worauf du hinaus willst. Nur wirst du es auch
beweisen können?" fragte er gespannt.
„Ich muss es auf jeden Fall versuchen. Und zwar so schnell wie möglich.
" antwortete ich und atmete dann tief ein. „Würdest du deinen Freund
bitten. Nick und die anderen fort zu schicken und dann in der Burg
anzurufen? Das erspart mir ein Taxi, wenn sie mich abholen kommen..."
fragte ich lächelnd. „Außerdem kenne ich den Weg dorthin nicht."
Ich wusste nun, was ich zu tun hatte. Ich würde die Unschuld meines
Mannes beweisen... Nichts war wichtiger. Geoffrey würde wieder ein
freier Mann sein...

Roberto ging und einen Augenblick später erschien Olga und brachte Tee. Dankbar saß ich mit ihr zusammen im Salon, trank Tee und
aß dieses süße russische Gebäck, das einem den Mund zuklebte, und
wartete. „Geoffrey hat noch geschlafen, als Nick fortfuhr. Er sollte aus
der Schusslinie sein, stimmst?" fragte Olga mich. „Ich möchte nicht in
Susans und Nicks Haut stecken, wenn er erwacht und merkt das du weg
bist." „Er wird noch eine ganze Weile schlafen, ich habe ihn darum gebeten" antwortete ich milde lächelnd. „Du hast ihn unter Zwang gesetzt"

sagte Olga. Ich nickte. "Geoffrey ist nicht ganz er selbst, er hat immer noch mit dem zu kämpfen was man ihm angetan hat, deshalb ist es mir gelungen. Wann kommen die Typen denn endlich? Wie lange brauchen sie denn um mich zu verhaften?" fragte ich und entlockte Olga ein Lächeln. „Du riskierst viel für deinen Geoffrey" sagte sie. „Ich würde alles für ihn riskieren" antwortete ich ehrlich. „Ich liebe ihn." Dann hörte ich wie ein großer Wagen vor dem Haus hielt.

Eine Minute später wimmelte es im Haus vor Männern. Große, starke, schwarzgekleidete Männer. Jetzt verstand ich, woher Geoffrey die Vorliebe für diese einfallslose Farbe hatte.

Schließlich kamen zwei Männer in den Saloon ohne Anzuklopfen. „Hallo, meine Herren, noch nie etwas von anklopfen gehört? Was wenn ich nackt gewesen wäre?" fragte ich sie.

„Sie sind es. Sie haben den Hüter zur Flucht verholfen!" donnerte einer der Männer und hob sein Waffe.

„Na, sie sind ja ganz ein Schlauer" antwortete ich sarkastisch und stellte meine Teetasse ab. „Haben sie das ganz alleine herausgefunden?"

„Aufstehen, sofort" befahl er mir in Englisch mit starken Akzent. „Geht das auch freundlicher?" fragte ich ihn und griff mir noch einen der klebrigen Kekse. „Ist für unterwegs" sagte ich zu Olga, die sich nur unter Mühen ein Lachen verkneifen konnte.

„Hände ausstrecken" befahl der Mann mir nun, ich tat um was er mich gebeten hatte. Sekunden später hörte ich Handschellen klicken und sah auf meine gefesselten Handgelenke. „Na toll und wie soll ich jetzt meinen Keks knabbern?" fragte ich ihn. Verwirrt sah mich der Mann an. Ich lächelte, zog und die Kette zwischen den Handschellen riss, meine Hände waren wieder frei. „Schon besser" sagte ich und biss von meinem Keks ab.

Endlich hatte der Mann sich wieder gefasst. Er griff mich am Arm und zerrte mich zu sich. „Halt, halt, nun mal nicht so kuschelig" sagte ich streng. „Schließlich habe ich euch herbestellt. Es ist ja nicht so, als hättet ihr irgendwie etwas selbst bewerkstelligt."

Ich griff den großen Mann an seiner Hand und reichte die andere dem anderen Mann. Dann zog ich beide hinter mich her, die Treppe herunter. „Kommt lasst uns gehen. Ich will endlich die Unschuld meines Mannes beweisen und dann ab nach Hause. Ich habe Sehnsucht nach meinen beiden Kleinen."

Olga folgte mir die Treppe herunter und blieb am Treppenabsatz stehen. Sie lachte aus vollen Herzen, als sie sah, wie ich die Männer über die Straße zu dem SUV zog.

5. Kapitel

Der Saal war bis auf den letzten Stuhl gefüllt. Ich stand vor einen Richterpult, vor mir fünf Männer und eine Frau, die mich finster betrachteten. Ihre Blicke schienen mich zu durchbohren. Unbehaglich trat ich von einem Fuß auf den anderen.

„Sie haben dem Mörder Geoffrey Mc Laine zur Flucht verholfen" donnerte der Richter von seinem Pult zu mir herunter. „Sie haben sich ebenso schuldig gemacht, wie Hüter Geoffrey Mc. Laine!" Er hob seinen Hammer und wies auf mich herab. Wütend schnaubte ich laut.

„Halt! Stopp!" warf ich ein und trat vor. „Hier muss ich gleich mal unterbrechen! Hier hat sich niemand des Mordes schuldig gemacht. Es hat keinen Mord gegeben!" Ich sah mich kurz im Saal um und konnte Mirow und Elsa entdecken, beide sahen mich hoffnungsvoll an. „Ich habe einfach nur eine ungerechtfertigte Hinrichtung verhindert! Ohne mich wäre ein Unschuldiger gestorben!" Ich konnte Elsa erleichtert seufzen hören. Sie schien unendliches Vertrauen in mich zu haben.

„Man hat sie verhaftet" begann der Richter erneut. „Inkorrekt!" unterbrach ich ihn wieder. „Ich habe sie zu mir bestellt um das Geld für ein Taxi zu sparen. Ist ja nicht so, das das Geld auf den Bäumen wächst." Ich grinste. „Na ja , bei mir schon, aber das ist eine andere Sache. Trotzdem muss ich es nicht mit vollen Händen aus dem Fenster werfen." Das Publikum lachte auf.

Der Richter schnaubte genervt, das kannte ich zur Genüge von Geoffrey, also störte es mich nicht weiter. „Sie sind in unsere Burg eingebrochen, haben einige Wachen verletzt und einen Gefangenen zur Flucht verholfen! In welchen Verhältnis stehen sie zu Hüter Mc. Laine, dass sie so etwas auf sich nehmen? Wer sind sie!" wollte er nun wissen.

„Sieht man das nicht? Ich bin Schneewittchen. Allerdings ohne die sieben Zwerge. Die sind inzwischen in Rente und verbringen ihren wohlverdienten Ruhestand am Strand von Florida." Die Menge hinter mir lachte laut auf. Der Richter schlug wütend mit seinem Hammer auf seinem Tisch herum. „Ich wiederhole: Wer sind sie!"

„Ich bin Geoffrey Mc. Laines Frau." sagte ich stolz und allgemeines Geraunze ging durch die Reihen. „Nun ja, noch nicht... aber er hat mir bereits einen Heiratsantrag gemacht... wenn es auch auf einer öffentlichen Toilette war." Wiedermal war mein Mundwerk schneller als mein Gehirn, ich musste mich besser konzentrieren...

Das Publikum lachte herzhaft. Ich lief leicht rot an. Anscheinend sprachen alle ausgezeichnet Englisch, wie ich feststellen konnte. Ich sah nun auf meine Arme und meine Beine. Man hatte mir eine schwere Kette umgelegt. „Was sollen denn eigentlich die Ketten hier?" fragte ich genervt. „Die Nerven!" Bei jedem Schritt klimperten sie hinter mir her. Ich griff die Glieder, zog und die Kette fiel zu Boden, ein Aufstöhnen der Menschen um mich herum war die Folge. „Schon besser, sehr angenehm" sagte ich und konnte deutlich Elsa lachen hören.

„Verdammt! Wer sind sie!" donnerte der Richter und schlug mit seinem Hammer laut auf seinen Tisch.

Ich hob mein Shirt und ließ den Richter mein Muttermal sehen. Er sprang auf und kam zu mir, um es sich genauer zu betrachten. Mit zusammen gezogenen Augen blieb er erstarrt vor mir stehen und betrachtete mein Mal.

„Ich bin Geoffrey Mc. Laines Frau!" wiederholte ich ernst. „Ich bin der Defender! Und ich kann und werde beweisen dass er absolut unschuldig ist!"

„Sie sind der Defender?" fragte mich der Richter ungläubig.

„Ja, ja ich weiß. Ich sehe überhaupt nicht danach aus, ich bin klein, rothaarig und zu allem Übel auch noch eine Frau!" antwortete ich und wieder konnte ich Elsa laut lachen hören. „Wollen wir uns jetzt mal konzentrieren? Wollen wir jetzt mal auf das Thema zurückkommen, weshalb wir alle hier unsere kostbare Freizeit opfern? Ist ja nicht so als hätten wir alle nichts Besseres zu tun." Genervt schob ich mir mein Shirt wieder in die Jeans.

Gerade wollte der Richter etwas erwidern, als die Tür aufging und Geoffrey hereingeführt wurde. Überrascht wandte ich mich zu ihm herum. Auch er war an Armen und Beinen gefesselt und folgte brav seinen Wächtern. Sein schönes Gesicht war voller Zorn.

„Was suchst du denn hier, Idiot!" sagte ich wütend, als er neben mir stehen blieb. „Dich! Du bist wirklich die verantwortungsloseste, unreife Frau die ich kenne!" schnauzte er mich an. „Wenn du es noch einmal wagen solltest, mich in Tiefschlaf zu versetzen nur um dich zu dem hier alleine zu stellen, versohle ich dir den Hintern!" Er versuchte, mich in die Arme zu nehmen, doch die Kette hinderte ihn daran. Frustriert senkte er seine Arme.

„Ich darf doch mal? Die sind nun wirklich lästig! Nun mal ehrlich, was soll der Scheiß!" fragte ich die Wache, die neben Geoffrey Posten bezogen hatte. Dann bückte ich mich, griff die Kette und mit einem Pink fiel sie zu Boden. „Jetzt kannst du mich küssen, Idiot." sagte ich leise lachend. Unter dem Jubel des Publikums nahm mich Geoffrey in die Arme und küsste mich leidenschaftlich.

„Wir sind hier bei Gericht!" donnerte der Richter. „Wir sind hier nicht in einer Kasperletheater Vorstellung!" Wütend schlug er mit dem Hammer auf den armen Tisch ein.

„Hüter Mc. Laine, sie sind immer noch schuldig des Mordes an Katharina Gallinow!"schrie ein weiterer Richter nun, seine Stimme kippte. „Nehmen sie Abstand von der Frau!"

„Was machst du hier?" wollte Geoffrey von mir wissen, er ignorierte die Richter. Liebevoll strich er mir durch die Haare.

„Ich habe ihnen gerade erzählt das du mir einen Heiratsantrag auf dem Klo gemacht hast." sagte ich salopp und erntete ein Stöhnen von Geoffrey. "Was Besseres fiel dir nicht ein?" fragte er. „Nun, ich fand es war ein guter Einstieg für das Gespräch hier." antwortete ich.

Das Publikum lachte laut...

Endlich wandte ich mich wieder dem Richter zu, der immer noch vor mir stand. „Ich kann zweifelsfrei Geoffreys Unschuld beweisen." sagte ich jetzt so vernünftig wie möglich. Ich musste nun ernst werden und kämpfen. Jetzt war Geoffrey hier, er war gekommen, obwohl ich ihn in Sicherheit wissen wollte. Wenn ich jetzt versagte, würde er umgehend hingerichtet werden...

„Wie wollen sie das bewerkstelligen?" fragte mich der Richter. „Die Beweise sind eindeutig!"

„Ich brauche dafür eine große Tafel!" bestimmte ich. „Eine was?" fragte der Richter.

„Eine Tafel, so etwas was die Schulkinder haben um irgendwelche toten Geschichtszahlen aufzuschreiben, oder Mathe Aufgaben zu lösen." erklärte ich. Wieder sah mich der Richter verwirrt an. Geoffrey grunzte und sagte schnell etwas auf Russisch, dann nickte der Richter. „Lass mich raten... du hast dem Kerl gesagt, er solle mein Schwafeln nicht zu ernst nehmen, stimmst?" fragte ich Geoffrey und er belohnte mich mit einem umwerfenden Lächeln. Zum ersten Mal seit Tagen war er wirklich entspannt. „Ich vertraue dir, mein Liebling." sagte er. „Deshalb habe ich mich zu dir gesellt. Glaubst du, ich möchte diese Party hier verpassen?" Dann beugte er sich zu mir. „Über deinen fiesen Trick, mich einfach zu verlassen, reden wir, noch, Miss Clarens." drohte er mir leise ins Ohr. „Gerne doch. In deinem oder meinem Bett?" flüsterte ich grinsend zurück.

Wir warteten auf die Tafel. „Ich wiederhole! Wer sind sie!" fragte mich der Richter erneut. Ich zögerte, doch Geoffrey drückte ermutigend meine Hand.

„Ich bin Mary Cooper Clarens. Ich bin ein Defender, wie man mir immer wieder erzählen will." sagte ich leise. Ein Raunen ging durch den Saal. Der Richter nickte bedächtig. „Deshalb ihre enorme Kraft" überlegte er.

„Und einiges mehr. Meine Frau verfügt über Defender Gaben die seit Jahrhunderten nicht mehr vorgekommen sind!" ergänzte Geoffrey stolz. Einer der Ratsmitglieder erschien und blieb vor Geoffrey und mir stehen. „Sie sind der Defender? Der letzte Defender?" fragte er und wieder hob ich mein Shirt um ihn das Mal sehen zu lassen. Er schluckte tief. „Nicht ganz der Letzte." widersprach Geoffrey nun. Auch er schob seinen Pullover in die Höhe und ließ sein Mal sehen. Das Ratsmitglied stöhnte laut auf. Andere Männer und Frauen kamen nun um uns zu betrachten.

„Langsam wird es peinlich. Ich komme mir vor wie eine Schaufensterpuppe." flüsterte ich Geoffrey zu, er drückte beruhigend meine Hand. „Es ist das erste Mal seit Jahrhunderten dass sie so etwas zu sehen bekommen." versuchte er mich zu beruhigen.

„Wie ist das möglich, Hüter Mc. Laine. Sie hatten bis letztes Jahr kein Defender-Mal!" fragte uns eine Frau mittleren Alters. Sie wollte Geoffreys Bauch berühren. Entschieden schob ich mich dazwischen.

„Woher wollen sie das denn wissen!" fauchte ich sie an, und hörte Geoffrey leise lachen. „Eifersüchtig Kleine?" fragte er mich nun amüsiert. „Halt deinen Mund Goffy, oder du spürst meine Eifersucht körperlich!" antwortete ich, wieder lautes Gelächter hinter uns. Geoffrey griff meine Hand, die ich bereits in einer obszönen Pose gehoben hatte und mich umdrehen wollte.

Endlich wurde die große Tafel gebracht und der Richter sorgte für Ordnung. „Wir haben immer noch einen Mordfall zu klären!" donnerte er wütend. Genervt fuhr er sich durch die Haare und entlockte mir ein Lächeln.

„Selbstmord! Katharina hat Selbstmord begangen. Sie wollte sterben!" widersprach ich ebenso laut. „Und genau dass werde ich jetzt beweisen!"

Ich ließ Geoffrey los und ging zur Tafel. Ich drehte sie zum Rat und schrieb auf die linke Seite Geoffreys Namen... dann machte ich drei Striche. Einen nach oben, einen in der Mitte, einen nach unten.

„Also Leute. Es wird eine ziemlich lange Erklärung, wer noch mal auf die Toilette will, sollte jetzt gehen." begann ich und erntete lautes Gelächter.

„Was für eine unmögliche Frau ohne jeglichen Respekt!" stöhnte der Richter. Genervt, frustriert.

„Wem sagen sie das... und ich liebe sie gerade deshalb über alles!" antwortete Geoffrey laut. Ich warf ihm ein strahlendes Lächeln zu.

Ich hörte Elsa laut aufschluchzen und verkniff mir ein dümmliches Lächeln. Ich musste mich unbedingt konzentrieren.

„Im letzten Sommer starb ich zum 12x mal." begann ich. „Ich lag in einer schmutzigen Gasse und wartete darauf, in die ewigen Jagdgründe einzutreten, als unverhofft Goffy vor mir auftauchte."

„Goffy?" fragte der Richter dazwischen. „Sie meint mich, euer Ehren." erklärte Geoffrey, der Richter nickte ergeben. Ich ahnte, mein geliebter Mann müsste noch öfter übersetzen...

„Also, nach einige turbulenten Tagen fand Geoffrey heraus, dass ich ein Defender bin." sagte ich weiter.

„Der letzte Defender, euer Ehren" warf Mirow ein. Die Ratsmitglieder nickten zustimmend. „Na ja, also nach weiteren turbulenten Tagen mit viel Spaß und Abenteuern wurden wir von den Ghosts angegriffen. Jerry versuchte sofort wieder an mir zu nuckeln."

„Jerry?" fragte eins der Ratsmitglieder. „Sie meint Gregorius, euer Ehren" sagte Geoffrey wieder. Ein lautes Aufstöhnen war die einzige Reaktion, die er bekam.

„Also Jerry wollte nur mich. Er sagte, ich sei der Champagner unter dem Sprudelwasser." erzählte ich weiter. Wieder Gelächter.

„Jerry ließ alle anderen erstarren und griff mich an. Ich kämpfte gut, doch ich stolperte und verlor meine Waffe. Geoffrey überwand die Starre, kam mir zu Hilfe und tötete Jerry. Er vernichtete ihn indem er ihm, wie ich es allen im Kloster gezeigt hatte, die Hände abschlug. Lange eklige Finger unmanikürt, widerlich." Ich schüttelte mich angewidert. Dann schrieb ich Gregorius Namen auf die obere Linie der Tafel. „Also Geoffrey tötete Jerry. Leider verlor auch Geoffrey dabei sein letztes Leben." Ich wies auf seinen Namen an der Tafel und verband beide Namen. „Ich jedoch liebe diesen Mann seit Jahren und habe ihn mir wieder geholt." erzählte ich stolz weiter. „Ich folgte ihm ins Reich der Toten und zog ihn an an seinen Ohren zurück ins Reich der Lebenden." Ich schrieb meinen Namen über Geoffreys und verband dann meinen mit seinen und den von Gregorius. „Lügnerin" flüsterte Geoffrey mir grinsend ins Ohr.

„Wie?" wollte der Richter nun wissen. „Wie haben sie Hüter Mc Laine wiederbelebt?"

„Sie gab mir ihr Lebenselixier, euer Ehren." sagte Geoffrey und schob sich vor mich. Dann hob er seine Hand um den aufgebrachten Rat zum Schweigen zu bringen. „Sie wusste damals nicht, dass es verboten ist. Wenn jemand daran die Schuld trägt dann ich, weil ich es ihr verschwiegen habe."

„Idiot, es ist meine Schuld!" widersprach ich und schob ihn beiseite.

„Ich hätte dich ja da schmoren lassen können!"

„Konzerntrier dich, Liebes, oder es ist egal wer hier die Schuld trägt." sagte Geoffrey leise. „Dann geht es uns beiden an den Kragen. "Er griff meine Schultern und sah mir ernst in die Augen. Ich nickte.

Ich schrieb auf die untere Linie „Gevatter Tod" Der Richter sah verwirrt zu Geoffrey, der ratlos mit den Schultern zuckte.

„Der Tod lässt sich nicht nehmen, was er schon besaß." sagte ich nachdenklich. „Geoffrey war bereits tot, als ich ihn aus dem Reich der ewigen

Jagdgründe zurückholte. Gevatter Tod wollte die Tür zum Reich der Lebenden schließen, doch zum Glück waren wir schneller." Geoffrey nickte bejahend. „Jetzt kommen wir zu der dritten Linie." Ich schrieb auf die mittlere Linie Katharina Gallinow. „Sie liebte Geoffrey und war furchtbar eifersüchtig als er sich für mich entschied." sagte ich.

„Nun, ja natürlich. Verständlich... immerhin waren Hüter Mc. Laine und Katharina vor einigen Jahren verlobt und wollten eigentlich heiraten." sagte eins der Ratsmitglieder.

Ich schoss herum und starrte wütend Geoffrey an. „Du warst mit ihr verlobt??? Du wolltest dieses Huhn auf Stelzen heiraten!" Ich ging wutentbrannt auf Geoffrey zu, er wich einige Schritte zurück. „Kein Wunder, dass diese ausgelutschte Zitrone so eifersüchtig auf mich reagiert hat!"

„He, Ich habe mich doch für dich entschieden." sagte er grinsend. „Ich liebe dich!" flüsterte er mir zu. „Nur dich, das habe ich damals erkannt." Wieder ging er einige Schritte rückwärts. Die Wachen hoben nervös ihre Waffen.

„Wann hast du dich für mich entschieden? Als ich mir die Seele aus dem Leib gekotzt habe damals über der Kloschüssel? Und du meine Haare zurückhieltest? Warum? Habe ich so elegant gewürgt dabei?" fragte ich überaus wütend...

Dann plötzlich musste ich ebenfalls grinsen... „Irgendwie spielen sich unsere romantischsten Momente alle auf dem Klo ab, oder?" sagte ich milde. Dann wurde ich wieder ernst. „Wenn wir diesen Scheiß hinter uns haben, werden wir darüber noch einmal reden, mein Freund!"

„Du warst es also! Du warst damals besoffen!" hörte ich Kevins Stimme aus dem Publikum. Diese Geschichte schien ihn die ganze Zeit zu schaffen gemacht zu haben... Ich drehte mich zu ihm um, suchte ihn im Publikum und zeigte ihm meinen Mittelfinger. Das Publikum brüllte vor Lachen.

„Verdammt, das ist eine Gerichtsverhandlung! Ruhe oder ich lasse den Saal räumen. Da bekommt man ja Magengeschwüre." Der Richter sah Geoffrey überaus mitleidsvoll an. Ich schnaubte. Warum hatten immer alle Mitleid mit ihm, nie einer mit mir? Fragte ich mich.

„Mary, konzentriere dich... ich stehe immer noch unter Mordverdacht." erinnerte mich Geoffrey..Sanft drückte er meine Schultern..

„Richtig" sagte ich. „Also, Katharina war wahnsinnig verliebt in Geoffrey doch ihre Liebe blieb unerfüllt." ich wandte mich zu Geoffrey. „Kultiviert genug ausgedrückt?" fragte ich ihn und wunderte mich dass er sich wieder die Haare raufte. Egal, ich wandte mich wieder der Tafel zu. „Gregorius schmorte in der Hölle, hingeschickt von Geoffrey, Gevatter Tod ,wütend weil Geoffrey ihm entkam, Katharina wütend weil Geoffrey sie nicht liebt. Soweit alles klar?" fragte ich in die Runde, alle nickten.

„Dann kam Gregorius auf die Idee, sich an Geoffrey zu rächen. Er machte Gevatter Tod den Vorschlag, ihm Geoffrey zurück zu bringen. Gregorius beeinflusste Katharina und redete ihr ein, wenn Geoffrey ihr nicht im Leben gehören könne, weil er ja an mich, einem sehr lange lebenden Defender gebunden ist, so könne er ihr doch im Tode gehören. Aber sterben kann Geoffrey nur, wenn er vom Rat getötet würde" Ich stockte einen Moment. Dann sah ich zu Geoffrey. „Ich kam darauf, als ich deinen Brief an mich las. Du schriebst, wenn wir nicht im Leben zusammen sein könnten, dann im Tode." Ich holte tief Luft, mir wurde schwindlig. Sofort war Geoffrey bei mir, hielt mich und schrie nach einem Stuhl und einem Glas Wasser. Dann nickte er, er hatte verstanden, worauf ich hinaus wollte. Jetzt machte es auch für ihn einen Sinn. Ich erhob mich und wandte mich erneut der Tafel zu. Geoffrey drückte mich wieder auf den Stuhl. Ich seufzte. „Katharina brachte Geoffrey in Wut, sie machte ihn rasend. Sie schlug und kratzte ihn, drohte ihn, mich gefangen nehmen zu lassen." erklärte ich weiter. „Das muss ihr viel Mühe gekostet haben, den ruhigen, stoischen, so beherrschten Mann in Weißglut zu bringen." sagte ich und lächelte Geoffrey entschuldigend an. Er reichte mir das Wasser und wartete.

Dankbar trank ich das Wasser, dann erhob ich mich wieder, Geoffrey hielt mich im Arm. „In dem Moment als die Wut in Geoffrey hochschlug, konnte sich Gregorius seines Körpers bemächtigen. Deshalb hat Geoffrey diese Frostanfälle. Das hat Gregorius bewirkt! Gregorius schlug

Katharina so heftig, das ihr Genick brach. Geoffrey war nur die Waffe! Der Mörder war Gregorius, mit Katharinas Einverständnis. Sie wollte sterben. In der richtigen Annahme, man würde Geoffrey zum Tode verurteilen und hinrichten! "endete ich meine Ausführung. Wieder zitterte ich, als ich daran dachte, wie knapp Geoffrey dem allen entkommen war.

„Hätten wir ihn nicht befreit" sagte ich bitter...

Stille war im Saal, niemand wagte auch nur zu husten.

„Das können sie nicht beweisen!" sagte der Richter nun endlich. „Ich würde ihnen ja gerne glauben, denn so skurril es klingt, ich mag ihre sehr verschrobene Art."

„Ähmmm Danke?" sagte ich und sah verwirrt in Geoffreys grinsendes Gesicht.

„Sie wollen Beweise? Gerne!" sagte ich dann, überlegte und holte tief Luft. Es würde mich meine letzte Kraft kosten, aber das war es mir wert. Ich musste den Ur-quell des Übels finden und ihn zur Rede stellen.

„Richter, nehmen sie meine Hand!" sagte ich entschlossen. Ich hielt dem Mann meine Hand hin, die andere reichte ich Geoffrey. „Das heißt nicht Richter! Das heißt euer Ehren!" widersprach Geoffrey mir. „Egal, nehme die Hand eines der Ratsmitglieder und halte bitte deinen Mund. Ich muss mich konzentrieren, wenn es klappen soll." sagte ich. „Konzentration? Du?" antwortete er grinsend. Geoffrey reichte seine Hand der Frau mittleren Alters, ich schnaubte wütend. Wieder lachte das Publikum. Dann schloss ich meine Augen.

„Jerry, du Missgeburt der Hölle! Beweg deinen Arsch hierher! Sofort! Jerry, komm her. Du bist doch sonst kein so schlechter Verlierer! Du hast verspielt, verloren, verkackt!" schrie ich. Geoffrey neben mir stöhnte auf. Ich vermutete, wenn er eine Hand frei gehabt hätte, hätte er sich seine Haare gerauft. Ich ignorierte es. Es war das erste Mal, dass ich Gregorius zu mir rief. Ich war nervös, hatte keine Ahnung, ob er meinem Ruf folgen würde. Ich hoffte es, hoffte um Geoffreys Leben... „Komm schon alter Feind, bist du etwa feige geworden seit deinem letzten Tod? Hast du etwa Angst vor mir?" fragte ich wütend

Endlich wurde es kalt, sehr kalt... der Saal erstarrte, niemand rührte sich mehr. Und dann kam er. Ich hatte befohlen, er kam...

Er schritt, elegant wie immer den langen Gang entlang. Seine langen Finger strichen genüsslich über die Menschen die in den Reihen neben ihm saßen. „Finger weg. Großer!" drohte ich ihm."Hast deine Hände doch gerade erst wieder."

„Hallo Mary. Lange nicht gesehen." begrüßte Gregorius mich. Er blieb vor mir stehen und deutete eine elegante Verbeugung an. Er sah von mir zu Geoffrey. „Hast ja viel auf dich genommen für den Kerl. Katharina war sehr erzürnt als du ihr erklärt hast, sie würde deinen Mann, diesen Hü... Hü... Hü..., na also sie würde ihn nie bekommen." Gregorius hustete wieder. „Du bist schlauer als du aussiehst... Was hat mich verraten, Liebes?"

„Geoffrey hat ständig gefroren... Egal wie heiß es war, er suchte ständig nach Wärme... ich erinnerte mich daran wie du stets mein Essen eingefroren hast, wenn wir mal wieder geredet haben. Du weißt ich hasse kalte Rühreier." antwortete ich. „Einfach widerlich, ehrlich!"

Gregorius stieß ein kehliges Lachen aus. "Diese verdammten Nebensächlichkeiten. Daran musst du dich natürlich erinnern. Du kannst dir keine Namen oder Daten merken, bist ständig vollkommen verplant. Aber an so etwas banales erinnerst du dich." Gregorius seufzte. Auch Geoffrey neben mir stöhnte zustimmend, so als wolle er Gregorius zustimmen. Ärgerlich drückte ich seine Hand schmerzhaft.

„Kalte Rühreier sind keine Nebensächlichkeit!" widersprach ich wütend. „Du hast versucht, dich an meinen Mann zu rächen. Das mein Lieber, vergiss mal ganz schnell... oder ich komme zu dir und trete dir so heftig in den Arsch, dass du die ewigen Jagdgründe freiwillig nie wieder verlässt!" drohte ich den Ghosts. Wieder ein Stöhnen, diesmal von meiner anderen Seite, ich ignorierte den Richter geflissentlich.

Gregorius verneigte sich und grinste sein Zahnloses Lächeln. „Botschaft angekommen, Defender. Erlaube mir nun, mich zurückzuziehen. Ich muss den Dreck aufräumen, den ich hinterlassen habe. Gevatter Tod, wie du ihn nennst erwartet Rechenschaft von mir." Ich holte tief Luft um mich etwas zu beruhigen. „Bestell dem Sensenmann, wir sind uns Quitt! Er hat sich Katharina geholt... sie hat dem Hüter etwas bedeutet!" Ich schluckte. „Sag ihm, ihr Tod gegen den von Geoffrey! Er soll ihn ab jetzt in Ruhe lassen!"

Wieder verneigte sich Gregorius. „Du bist wirklich die Wiedergeburt. Ich kannte da vor 2000 Jahren mal einen Mann, der ebenso sprach wie du..zu seiner Zeit." Gregorius lächelte..Er wandte sich ab um zu gehen. „Gregorius!" donnerte ich und er blieb noch einmal stehen."Wage es nie, aber auch nie, egal in welcher Generation auch immer, eines meiner Kinder anzufassen! Wir beide, mein Mann und ich, wir werden sehr, sehr lange leben und wir werden dich finden, solltest auch nur einen von ihnen anrühren!"

Geoffreys Hand zitterte in meiner, ich drückte sie zuversichtlich. Dann war Gregorius fort. Noch Sekundenlang verharrten wir starr. Stimmen um mich herum waren zu hören, ich sackte zusammen und wurde von Geoffrey aufgefangen.

„Meine Güte, Sie sind unschuldig!" sagte der Richter ungläubig. „Ich kann es nicht Gauben, das war wirklich Gregorius, der König der Ghosts?" fragte er wieder. „Und sie spricht mit ihm wie mit einem, einem..." Dem Richter blieben die Worte im Hals stecken. Immer wieder schüttelte er ungläubig seinen Kopf.

Geoffrey nickte. Mein Blick ging zu der Frau an seiner anderen Seite. Sie war in Ohnmacht gefallen und auf dem Boden gelandet. Hatte sie gehofft Geoffrey würde sie stützen, so hatte sie sich getäuscht. Sie war hart auf dem Boden gefallen. „Weichei!" sagte ich mit Genugtuung. Geoffrey seufzte genervt, dann lächelte er.

Ich küsste ihn lange und sinnlich, es war mir egal, dass wir uns mitten in einem Gerichtssaal befanden.

„Er ist also wieder da?" fragte er mich dann. Ich nickte und zitterte wie Espenlaub. „Jerry ist ein Stehaufmännchen. Er hat einen Deal mit dem Tod." sagte ich müde. Ich war erschöpft. Es hatte mich mehr Kraft gekostet als gedacht.

Geoffrey nahm mich auf die Arme und setzte sich mit mir zu Elsa, die hastig Platz machte.

„Hüter-Defender Mc. Laine ist unschuldig." sagte der Richter nun laut und bestimmt. „Ich selber konnte mich von seiner Unschuld überzeugen!". Er saß wieder an seinem Pult und erhob seine Stimme. „Er wurde Opfer eines verworrenen Komplotts, gesponnen von Wesen, die ihm Rache geschworen hatten." Dann begann der Richter noch einmal meine Geschichte in Russisch zu erklären. Allgemeines Gemurmel war zu hören..

„Sie hat es wirklich geschafft. Sie hat deine Unschuld bewiesen. Die Frau ist ein Wunder mein Sohn. Wenn sie nicht wäre, wärst du bereits tot." sagte Mirow erschüttert. Er strich mir liebevoll über das Haar. „Diese verrückte kleine Frau..." Mirow fehlten sichtlich die Worte, er wischte sich Tränen aus dem Gesicht. „Wehe, du lässt sie noch einmal gehen!" Dann versuchte er ein schiefes Grinsen. „Von mir aus kannst du mich so oft wie du willst Weihnachtsmann nennen." Mirow war sichtlich erschüttert.

„Oh Kind, Mirow hat Recht. Du bist ein Wunder. Unser Wunder. Ich kann dich nicht mehr lieben, als in diesem Moment." sagte Elsa erstickt. „Wollen wir wetten?" fragte Geoffrey grinsend und küsste mich erneut lange. „Das geht nicht Sohn!" widersprach Elsa mit Inbrunst. „Ich kann deine Mary nicht mehr lieben als in diesem Moment."

„Mama?"sagte Geoffrey und grinste von einem Ohr zum anderen. Dann beugte er sich zu seiner Mutter und flüsterte ihr etwas ins Ohr. Sein Grinsen verstärkte sich noch, als er die Reaktion seiner Mutter beobachtete.

Elsa ließ sich zurückfallen und vergrub ihren Kopf in Mirows Schulter. Tränen liefen über ihr Gesicht. „Und trotzdem ist sie hergekommen und hat das alles auf sich genommen? Du hast gewonnen, Sohn. Jetzt liebe ich sie sogar noch mehr." sagte sie erschüttert. Mirow sah verwundert von seinem Sohn zu seiner Frau, doch beide lächelten nur und schwiegen.

„Auch wenn die Mordanklage zum Glück vom Tisch ist." sagte jetzt eins der anderen Ratsmitglieder und ließ seinen Hammer laut auf knallen. „Haben wir noch allerhand zu besprechen!" Sein langer Bart erinnerte mich irgendwie an Dumbledor. Doch schien dieser Typ nicht annähernd so nett zu sein, wie Harry Potters Lehrer. Jetzt erhob er sich und grinste. Sein Blick wanderte zu den andern am Tisch, alle nickten zustimmend. „Sie beide werden erst mal hier in der Burg bleiben."

Jetzt schoss ich aus Geoffreys Armen hoch. Das war doch unglaublich! Die Typen hatten doch einen mächtigen Sockenschuss! Die liefen wohl nicht richtig geradeaus!

Ich war wütend, sehr wütend. „Das könnt ihr alle ganz schnell vergessen!" schnauzte ich sie an. „Wir sind nicht länger Gefangene! Wir wer-

den Nachhause zurückkehren. Dort warten zwei kleine Kinder auf uns!"
Zornig hob ich meine Hände um den Menschen vor mir zu zeigen was
ich von ihnen hielt, doch Geoffrey hielt mich grinsend zurück. Geoffrey
drückte mich beruhigend zurück auf seinen Schoß. „Heute wurde genug
gesagt! Dieser Tag war lang genug. Wir werden morgen darüber sprechen, in aller Ruhe, geehrter Rat. Heute benötigt Mary dringend Ruhe!"
„Nein, das ist unakzeptabel!" widersprach das Ratsmitglied. „Sie beiden
sind die ersten Defender seit Jahrhunderten! Wir müssen alles erfahren!
Das Thema hier duldet keinen Aufschub. Es ist zu wichtig! Sie beide
werden sich sofort unserem Gespräch stellen!"
Das Gesicht des Mannes lief hochrot an. Er schien kurz vor dem Platzen
zu sein. Es hätte mich nicht gewundert, wenn Rauch aus seinen Ohren
ausgetreten wäre.
Geoffrey erhob sich ohne Kommentar und nahm mich auf die Arme.
Dann wandte er sich zur Tür. „Um es mit den treffenden Worten meiner
Frau auszudrücken: "Halten sie ihre Klappe!" Er ging einige Schritte
wurde jedoch sofort von zwei Wächtern gestoppt.
„Liebes?" bat mich Geoffrey, seine Lippen strichen sanft über meine
Stirn. „Susan" flüsterte ich und meine schon geliebten Terrakottakrieger
erschienen um uns den Weg frei zu machen.
„Wieder ging ein ungläubiges Raunen durch die Menge, Geoffrey schritt,
mich auf den Armen durch die Tür, welche die Krieger hinter uns ver-
sperrten.
„He du... ich kann selber laufen!" protestierte ich müde.
„Liebling?" sagte Geoffrey mild. „Ja?" fragte ich
„Halte die Klappe!" antwortete er und grinste. Er trug mich zielsicher
durch die Burg.
„Wohin geht's?" wagte ich zu fragen. Er schwieg und nach einigen Trep-
pen blieb er vor einer alten Tür stehen.
„Mein Zimmer, welches ich während meiner Ausbildung bewohnt
habe." sagte er dann nur und schlug die Tür hinter uns zu. Ich sah mich
neugierig um. „Sehr hübsch" sagte ich nur. Geoffrey schwieg und warf
seine Lederjacke achtlos auf einen alten Stuhl. Dann setzte er sich aufs
Bett und zog mich zu sich. Ehe ich mich versah lag ich rittlings über
seine Knien und seine Hand sauste auf mein armes Hinterteil. Wütend
schrie ich auf. Wieder schlug er mich auf den Hintern. Dann warf er

mich auf das Bett und nahm mich in die Arme. „Das, mein Liebling war für deinen Verrat! Hast mich in Schlaf versetzt und bist abgehauen! Hast mich mit Susan und Nick weggeschickt, damit ich was? In Sicherheit bin? Glaubst du, die beiden konnten mich halten, als ich wach wurde und du warst nicht bei mir? Ich warf die beiden aus dem Wagen und bin wie ein Irrer hergekommen." Er schob seine Hände unter mein T-Shirt, er hatte eiskalte Hände, so dass ich erzitterte. Ich wusste, das würde noch einige Zeit so anhalten. Seine Hände fuhren an mir hoch und umfassten meine Brüste. „Du bist wunderschön!" flüsterte er leise. Sein Mund folgte seinen Händen. „Seit ich dich damals in der Bibliothek gesehen habe, zusammen mit Susan, als ich damals deine Flamme habe leuchten sehen, da war es um mich geschehen. Noch nie hatte ich solch eine schöne Flamme gesehen!" Er nahm eine meiner Brustwarzen in den Mund und zog sanft daran. „Du hast mich fasziniert." Ich keuchte überrascht auf. „Ich kam mir damals wie ein Pädophiler Idiot vor und redete mir ein, es wäre rein beruflicher Natur. Ich müsste dich beobachten, Heraus finden, weshalb deine Flamme so einmalig ist. Ich besuchte dich in den vergangenen Jahren immer wieder, heimlich, versteckt. Und ich verliebte mich mit jedem Besuch mehr in dich." gestand er leise. „Und jedes Mal rechnete ich damit, dass du einen Freund haben würdest. Ich schwor mir, dich nicht mehr aufzusuchen. Doch dann hörte ich letzten Sommer vom Tod deines Vaters und wusste, du würdest in die Stadt zu deinem Anwalt kommen. Also fuhr ich gegen den Rat meiner Eltern in die Stadt... nur um zu beobachten, wie du einen Freiflug aus dem 12. Stock machst." Seine Lippen zogen eine Spur von meiner Brust zu meinen Muttermal. „Du kannst dir meinen Schreck nicht vorstellen... Ich eilte in die Gasse, sicher, dich tot oder mindestens im totenähnlichen Zustand vor zu finden..." Sein Mund wanderte tiefer.
„Und ich liege dort, inmitten des ganzen Drecks in der Sonne und führe Selbstgespräche." kicherte ich. „Weißt du, dass ich der Gasse an dich gedacht habe, daran, wenn ich nun endlich sterben würde, dich wiedersehen könnte?" gestand ich ihm. Ich keuchte auf, als er den Knopf meiner Jeanshose öffnete...
„Ich musste dich mitnehmen, ich wollte dich in Sicherheit haben, bei mir, in meiner Nähe. Ich glaube, selbst als der Rat dich damals wieder fortgeschickt hat, hoffte ich auf ein Wunder." gab er zu. „Welches ja auch

kam, in Form der kleinen, vorlauten Lisa." sagte ich kurzatmig. Dann hob ich seinen Kopf etwas um ihn in die Augen sehen zu können... „Und nun, Hüter Mc. Laine, lieben sie mich!"

6. Kapitel

„Ich habe mächtig Hunger." sagte ich leise. Ich hob meinen Kopf um Geoffrey ins Gesicht sehen zu können. Ich lag entspannt halb auf ihm, die Decke bis unters Kinn gezogen. „Dann lass uns die Küche überfallen." antwortete er. „Du darfst keinen Hunger haben, das ist nicht gut." Er erhob sich und suchte seine Kleidung zusammen. „Komm holde Magd, wir werden speisen."

„Um diese Uhrzeit?" Mein Blick ging zu einer altmodischen Uhr an einer der Wände. Langsam reckte ich mich und zog mich dann ebenfalls an. „Man muss sich hier nur auskennen." sagte er lächelnd und reichte mir seine Hand. Dann schlichen wir, wie zwei Schulkinder, durch die Burg, in der sich Geoffrey anscheinend bestens auskannte. Endlich hatten wir die riesige Küche erreicht, die Tür war verschlossen, doch das war kein Problem für meine Kraft. Einmal ordentlich ziehen und die Tür gab nach. Wieder staunte Geoffrey.

„Du bist doch noch stärker als ich." zischte ich leise. „Ja, aber nicht so skrupellos." sagte er grinsend. „Ich breche nicht in verschlossene Räume ein, oder zerreiße teure Eisenketten."

„Die waren doch nun wirklich lästig, oder?" sagte ich und brachte Geoffrey zum Lachen. Er öffnete den Kühlschrank und förderte Wurst, Käse und Marmelade heraus. Ich fand in einem Vorratsschrank Brot. Wir machten uns belegte Brote und packten sie in eine Dose um sie in unserem Zimmer zu essen, als wir Stimmen hörten, die an der Küchentür vorbeigingen.

Sofort war Geoffrey unter Strom. Er hielt mich zurück und lauschte den Stimmen, die sich schnell auf Russisch unterhielten.

„Zwei Defender! Die ersten seit Jahrhunderten! Wir können sie nicht gehen lassen. Beide nicht. Sie sind zu wichtig, als das sie unser Land verlassen dürfen. Stellen sie sich vor, sie bekommen Kinder! Sollen die etwa in den Staaten aufwachsen? Kinder zweier Defender sind noch nie vorgekommen!" übersetzte Geoffrey mir leise. Ich begann zu zittern und legte unwillkürlich eine Hand beruhigend auf mein Muttermal. „Wir müssen etwas unternehmen. Sie müssen hier bleiben. Notfalls mit Gewalt!" übersetzte Geoffrey die andere Stimme, eine Frau sprach. „Und dann diese Frau, dieses unmögliche Mädchen! Stellen sie sich vor, sie würde die Erziehung dieser Kinder übernehmen! Nicht auszudenken! Nein, die Kinder der beiden müssen von Anfang an in ihren Pflichten unterrichtet werden." sagte sie weiter. Geoffrey grunzte leise, wütend. Mein Zittern verstärkte sich und er legte einen Arm um mich.

„Ich will nicht hierbleiben! Ich bin kein Versuchskaninchen!" protestierte ich wütend, als die Stimmen sich entfernten. „Ich will Zuhause sein zu Weihnachten! Sie werden keins unserer Kinder in die Finger bekommen!" Wutentbrannt wollte ich hinter den beiden Menschen her und ihnen meine Meinung sagen, doch Geoffrey hielt mich fest Meine Fäuste trommelten auf Geoffreys Brust, während er überlegte. „Lass uns unsere Brote nehmen und ins Zimmer gehen. Du musst unbedingt etwas Essen."

„Essen? Jetzt? Ist das dein einziges Problem?" fragte ich wütend. Das der Kerl in diesem Moment ans Essen denken konnte! Auf keinen Fall würden wir hier in der Burg bleiben, das stand fest!
Ich folgte Geoffrey zurück in unser Zimmer und warf mich wütend auf das Bett. „Essen!" befahl er mir sanft und hielt mir eins der Brote unter die Nase. Angewidert verzog ich mein Gesicht, hatte ich vorhin noch Hunger, so war dieser nun wie weggeblasen. Mein Magen rebellierte, und gefrustet nahm ich das Brot um darauf herum zu kauen.
„Schlucken!" sagte Geoffrey und setzte sich neben mich. Geduldig wartete er bis ich die Scheibe Brot herunter gewürgt hatte. Dann reichte er mir eine Flasche Wasser.
„Wir werden Nachhause zurückkehren." versprach er mir. Ich hatte keine Ahnung, woher er diese Zuversicht nahm. „Lass uns die morgige Versammlung abwarten. Das ist das Beste. Es bringt nichts, sich Sorgen wegen zwei Hitzköpfen zu machen, die verstaubte Ansichten haben." versuchte er mich zu beruhigen.
„Ach, hattet ihr im Kloster im letzten Jahr nicht auch noch solche Ansichten? Ich denke nur daran wie ich mich damals behandelt habt!" fragte ich kampfbereit, irgendwie musste ich meine Wut abreagieren.

„In gewisser Weise schon, aber dann hatten wir dich. Du hast unsere Ansichten ins 21. Jahrhundert katapultiert, und ich habe mich doch bereits vor dir gegen den Rat gestellt, als ich Lisa adoptierte, oder?" antwortete er mir nachdenklich. „Denk nur an meinen Vater, wie er bei eurem Kennenlernen war, und wie er heute ist." Geoffrey streckte sich neben mir aus und reichte mir eine weitere Scheibe Brot. „Essen! Und dann wird geschlafen!"

„Jetzt weiß ich worauf du hoffst!" Ich kaute nachdenklich an dem Brot. „Du hoffst ich würde den alten Säcken ordentlich in den Arsch treten morgen."

„So würde ich es wohl nicht ausdrücken, aber so in etwa hast du recht. Du kannst ziemlich überzeugend sein, wenn du etwas willst." sagte er schief grinsend und zum ersten Mal leuchteten seine Augen wieder. „Die Gerichtsverhandlung heute wird in die Geschichte der Gemeinschaft eingehen. Jeder der anwesend war, wird sie nie wieder vergessen." Er hielt mir die Brotdose hin, doch ich lehnte ab. „Niemand hätte mich da raus boxen können, wirklich niemand. Die Beweise waren so klar und deutlich. Es gab keine Zweifel... und dann kommst du. Du mit deinem roten Feuerkopf und deinem unbändigen Kampfgeist, eine die nie aufgibt, egal wie verworren eine Situation auch scheinen mag." Er kicherte... Geoffrey konnte tatsächlich kichern. „Als du sagtest >Richter, nehmen sie meine Hand< wäre die Ratsälteste neben mir schon fast in Ohnmacht gefallen."

„Nun das ist sie ja anschließend, als sie Gregorius sah." kicherte ich nun ebenfalls. „Sie hatte allen Ernst gehofft, du würdest sie auffangen." Jetzt musste ich noch mehr kichern. „Sie ging unter wie ein U-Boot."

„Schlaf jetzt! Es ist spät." befahl Geoffrey mir. Er stellte die Brote beiseite und schob mich unter die Decke. „Wirst du ab jetzt immer so herrisch sein?" fragte ich gähnend. „Ich habe damit noch nicht einmal angefangen." drohte er mir liebevoll. „Mit deinen waghalsigen Extratouren ist ab sofort Schluss!"

„Gleich nachdem wir wieder im Kloster sind, und alle unsere Kinder bei uns. Wehe sie geben uns nicht alle zurück!" erwiderte ich müde. Ohne mich auszuziehen zog ich mir die Bettdecke hoch und war Sekunden später eingeschlafen. Ich vermutete, Geoffrey hatte nachgeholfen. Er hatte wohl gewusst, dass ich mich ansonsten ruhelos herum gewälzt hätte.

Am nächsten Morgen wurden wir von Elsa und Mirow geweckt. Beide standen vor unserer Zimmertür und klopften zaghaft.

„Besuch" sagte ich mürrisch zu Geoffrey, wie immer hatte ich in seinen Armen wunderbar geschlafen. Jetzt hatte ich absolut keine Lust, diesen Zustand zu ändern. Also zog ich mir die Decke über den Kopf. Wieder wurde geklopft. Dann wurde die Tür ein klein wenig geöffnet. Elsa konnte dem fliegenden Kopfkissen von Geoffrey gerade noch ausweichen.

„Hallo ihr Beiden?" sagte sie dann und kam in den Raum. Abwartend blieben sie und Mirow vor unserem Bett stehen und zögerten.

„Raus, wenn ihr keinen Kaffee dabei habt! Wir sind müde!" grummelte Geoffrey und zog die Decke wieder über meinen Kopf. Es war ihm anscheinend nicht Recht, seine Eltern hier zu sehen. Ich kicherte, dann brach ich in Lachen aus. „Was gibt es da zu lachen?" zischte er mich grimmig an, er hob die Bettdecke etwas an, so dass ich wieder Luft bekam.

„Du führst dich wie ein pubertärer 16 jähriger Schüler auf, der das erste Mal ein Mädchen über Nacht in seinem Bett hat. Heimlich, ohne das Wissen seiner Eltern." sagte ich, wieder musste ich lachen.

„Du bist unmöglich!" zischte er wieder. Dann wandte er sich an seine Eltern. Mirow ernst, Elsa verkniff sich ebenfalls ein Lachen.

„Was gibt es!" fragte er grob, ich stieß ihm den Ellenbogen in die Rippen, er zog schmerzhaft die Luft ein. „Sei nett zu deinen Eltern!" flüsterte ich. „Halte dich da raus!" flüsterte er zurück und wich vorsichtshalber meinen Ellenbogen aus.

„Als wenn sie das könnte..." sagte Mirow nun und ein Lächeln umspielte seinen Mund. „Was für ein Glück das sie das nicht kann!" bekräftigte Elsa. „Der hohe Rat schickt uns. In einer Stunde ist eine Versammlung anberaumt worden. Es sind sogar noch mehr Abgeordnete von anderen Häusern eingeflogen worden. Es wird also eine wirklich große Versammlung. Ihr sollt bitte pünktlich erscheinen." erklärte Elsa nun.

„Man hat uns geschickt, es euch auszurichten." erklärte Mirow. „Weil die anderen..."

„Die Anderen zu feige sind, stimmt es?" fragte ich bitter und steckte meinen Kopf unter der Decke hervor.

„Sie können froh sein, wenn wir beiden überhaupt erscheinen!"

schnauzte Geoffrey. Er griff nach seiner Hose und stieg aus dem Bett. „Ihr glaubt nicht, was Mary und ich letzte Nacht belauscht haben." Dann berichtete er seinen Eltern von dem Gespräch dessen unfreiwillige Zeugen wir geworden waren.

„Das können sie nicht tun." donnerte Mirow. „Sie können Mary auf keinen Fall hierbehalten! Sie ist kein Mitglied er Gemeinschaft, das steht schon mal fest. Über sie haben sie keine Befugnisse!"

„Sie wissen aber auch, dass ich nie ohne Geoffrey gehen werde." antwortete ich und suchte dessen Hand. „Und er hat sich hier verpflichtet."

„Wir sind verheiratet... nach dem Gesetz des Buches." widersprach Geoffrey seinem Vater. „Das Gesetz ist unwiderruflich auf unserer Seite! Sie können uns nicht trennen!" Er umschloss meine Hand fest und nickte. „Wir werden uns der Versammlung stellen. Aber wir werden, wie auch immer, nicht hier bleiben, das können sie vergessen." sagte er bestimmt. „Unser Zuhause ist das Kloster."

Mirow nickte ernst, dann lächelte er ein klein wenig. „Sie sind sehr ungehalten über euer unkonventionelles Verhalten, aber sie werden euch bestimmt nicht wieder in den Knast stecken, denke ich." Er griff Elsas Hand und wandte sich zum Gehen.

„Vater, warte einen Moment bitte." Geoffrey rief seinen Vater noch einmal zu sich, während Elsa und ich schon zur Küche vor gingen. „Kannst du Kevin erreichen und ihm etwas von mir ausrichten, es ist sehr wichtig." sagte er zu Mirow, den Rest bekam ich nicht mehr mit... Kurze Zeit später hatte Geoffrey uns eingeholt und nahm mich in den Arm...

Eine gute Stunde später waren wir auf dem Weg zum Saal, in dem ich noch gestern um das Leben von Geoffrey gekämpft hatte.

Jetzt war der Saal leer, kein Publikum anwesend. Einzig in einem Halbkreis angeordnet an Tischen saßen 24 Personen und sahen uns sehr verärgert entgegen. Sie schienen von weit hergekommen zu sein, vor ihnen standen Namensschilder mit ihren jeweiligen Ländern. Es schien, als seien sie alle über Nacht eingeflogen worden .

„Sie sind zu spät!" donnerte die Frau mittleren Alters. Die Umgangssprache war wohl mir zu liebe Englisch. „Seien sie froh, dass wir überhaupt erschienen sind! Wenn ich zu entscheiden hätte, wären wir bereits auf dem halben Weg in die gute alte USA!" antwortete ich finster. Geoffrey umfing meine Hände, die ich bereits in einer obszönen Geste heben wollte.

„Meine Frau musste noch frühstücken." antwortete Geoffrey statt einer Begrüßung und verbiss sich eine ehrerbietige Anrede. Die Frau schluckte. „Das hätte sie tun können, wenn sie früher aufgestanden wären." antwortete sie. „Wann meine Frau etwas zu sich nimmt, oder wie lange sie schläft, haben sie nicht zu entscheiden!" schnauzte Geoffrey sie an und gab mir damit ein Gefühl der Sicherheit.

„Hüter Mc Laine! Sie vergessen sich! Wo bleibt die Ehrerbietung unseres Rats? Sie haben sich vieler Vergehen schuldig gemacht. Haben uns unterschlagen dass der Defender noch lebt. Dass sie selbst zu einem geworden sind! Überlegen sie besser, bevor sie reden!" fragte ein weiterer Mann, den ich, so beschloss ich, auch nicht mochte.

„Mein Leben hat durch Mary eine höhere Priorität bekommen." antwortete Geoffrey und grinste, als ein allgemeines Aufstöhnen zu hören war. „Wenn jemand meine Ehrerbietung verdient hat, dann diese Frau!" Geoffrey nahm meine Hände an die Lippen und küsste meine Finger. Der Rat schwieg betroffen.

„Nun, sehen sie es mal so." sagte ich salopp. „Ich habe ihm immerhin 2x das Leben gerettet. Wie oft haben sie es getan? Überhaupt nicht, ganz im Gegenteil. Sie wollten ihn umbringen!" Ich verkniff mir eine weitere Bemerkung, Geoffrey drückte mir warnend die Hand.

„Womit wir beim Thema wären! Ihnen, Defender!" sagte jetzt das Älteste der Mitglieder und wies mit dem Finger auf mich. Irgendwie erinnerte er mich plötzlich an Gregorius… „Sie haben gegen geschätzte tausend Regeln unserer Gemeinschaft verstoßen. Sie haben Hüter Mc Laine belogen, was ihre Lazarus Identität angeht, sie haben…"

„Halt Stopp!" donnerte ich und wunderte mich, wie laut meine Stimme werden konnte. Alle Mitglieder des Rats verstummten überrascht. „Ich hatte bis Dato nie etwas gehört von ihren Club der Untoten hier! Woher sollte ich denn wissen, was mein nerviges Muttermal bedeutet. Ich fand es immer nur irgendwie abartig und wollte es längst wegoperieren lassen!" Wieder ein Aufstöhnen der Menschen vor uns.

„Sie haben nicht das Recht den Ältesten zu unterbrechen!" schnauzte die Frau wieder, ich hob erneut meine Hand, die Geoffrey umfing und milde mit seinem Kopf schüttelte.

„Sie wollten sich das Lazarus Mal entfernen lassen?" fragte eine andere Frau geschockt. Sie starrte mich ungläubig an.

„Ja klar! Haben sie schon mal versucht mit dem Ding einen Bikini zu tragen? Wissen sie wie blöd das aussieht?" ich seufzte laut. „Oder ein Bauchfreies Shirt. Nun mal wirklich". Ich grinste Geoffrey frech an.

„Wenn ich nicht so schmerzempfindlich wäre..." Geoffrey verbarg seinen Lachanfall hinter einem Hustenanfall. „Du und schmerzempfindlich?" flüsterte er mir zu.

„Hüter Mc Laine! Rufen sie den Defender zur Räson!" sagte der Älteste. Doch Geoffrey zuckte nur mit den Schultern. „Ich finde, meine Frau macht das Ausgezeichnet." sagte er nur.

„Toll, willst du mich ganz alleine kämpfen lassen?" zischte ich ihm wütend zu. „Du, kämpfen ist irgendwie dein Ding. Hast du mir nicht mal gesagt, du kämpfst bereits dein ganzes Leben?" flüsterte er liebevoll zurück und meine Wut verflog augenblicklich. Geoffrey verließ sich auf mich, er vertraute mir!

„Hüter Mc Laine! Sie lassen sich von der Frau ablenken! Seit wann sind sie so unfokussiert!" schnauzte die Frau mittleren Alters. „Sie waren damals mein bester Schüler. Ich war stolz auf ihre Leistungen. Doch hier und heute.." Sie stockte. „Dieses Mädchen hat einen wahrlich schlechten Einfluss auf sie!"

„Fakt ist, sie haben Hüter Mc Laine ihr Elixier ohne Einwilligung des Rats gegeben." versuchte ein anderer Mann die angespannte Situation zu entschärfen. „Sie haben sich auf die Suche nach seinem Körper gemacht, obwohl Ratsmitglied Mirow es ihnen strikt verboten hatte. Was sagen sie zu den Verstoß?"

„Ich liebe Geoffrey, ich liebe ihn über alles! Ich wollte ihn noch ein letztes Mal sehen! Und als ich ihn fand und spürte, dass seine Flamme noch nicht ganz erloschen war, habe ich getan was getan werden musste!" rechtfertigte ich mich und holte tief Luft. „Waren sie noch nie verliebt? Früher, als sie noch jung und menschlich waren? Gibt es für sie keinen Menschen, der ihnen alles auf der Welt bedeutet?" Wieder einen Moment Schweigen. „Es ist mein Elixier, mein Körper, mein Leben.. darüber entscheide einzig ich allein!"

„Sie können Flammen sehen?" fragte jemand, der bis lang geschwiegen hatte. „Das können heutzutage nur noch sehr wenig Menschen unserer Gemeinschaft." Er schien überrascht. Fragend sah ich Geoffrey an. „Mary kann Flammen sehen, ja. Und nicht nur das. Sie war auch in der Lage, es den Kindern im Kloster zu lehren. Sie hat eine ganze Klasse darin unterrichtet!" berichtete Geoffrey merklich stolz. „Und das ohne jegliche Ausbildung darin. Sie brachte den Kindern dort Dinge bei, die unsere Gemeinschaft seit Jahrhunderten verloren hatte!"

„Damit wären wir wieder bei unserem Thema angelangt." der Älteste erhob seine Stimme um das ungläubige Murmeln seiner Mitglieder zu übertönen. „Sie beide, Hüter Mc Laine sind ein Schatz für uns. Wir werden sie in den verschiedenen Häusern unterbringen und dort werden sie unterrichten, was der Defender sie lehrte." Er zeigte dann mit seinem Finger auf mich. „Und sie Defender werden bei uns bleiben und sich unterrichten lassen. Es gibt noch so viel, dass sie von uns lernen können."

„Den Teufel werde ich tun! Wagen sie es, mich von Geoffrey zu trennen und ich nehme ihre hübsche Burg Stein für Stein auseinander. Stapel sie alle zu einem Berg. Dann können sie sehen, wo sie sich ihren dicken Hintern im Winter wärmen!"sagte ich überaus wütend. „Und dafür werde ich allerhöchstens einen Vormittag brauchen!"

„Die Ratsmitglieder schrien alle durcheinander, meine Ansage hatte ihr Weltbild erschüttert. Anscheinend hatte noch nie jemand gewagt, dem hohen Rat zu drohen. Geoffrey raufte sich die Haare und überlegte angestrengt wie er die Mitglieder wieder beruhigen konnte. „Weichei!" zischte ich ihm zu, er zuckte mit den Schultern. „Das bringt uns nicht weiter, wenn du anfängst zu drohen." zischte er zurück. „Sie haben aber angefangen!" verteidigte ich mich und entlockte ihm ein kleines Lächeln. „Ich renne seit 6 Jahren hinter dir her... jetzt habe ich dich endlich und sie wollen dich mir wieder wegnehmen!" Jetzt grinste Geoffrey, er beugte sich zu mir herunter um mich zu küssen.

„Hüter Mc Laine. Das ist nicht der richtige Ort für solche, solche, solche Intimitäten!" donnerte die Frau mittleren Alters.

„Man, sind sie verstaubt!" antwortete ich und zog Geoffreys Kopf zu mir um den Kuss zu erwidern.

„Fakt ist, sie sind weder verheiratet noch irgendwie anders liiert." sagte die Frau, als wir unseren Kuss endlich beendeten. Geoffreys Kopf schoss in die Höhe, fragend sah er sich im Halbkreis um. „Es gibt keine von der Gemeinschaft genehmigte Verbindung zwischen ihnen!" Ich glaubte, ein gehässiges Lächeln in den Augen der Frau zu erkennen.

„Laut dem unsichtbaren Buch sind Mary und ich verbunden! Verbunden durch ihr Elixier. Verbunden bis zum Ende unserer Tage!" widersprach Geoffrey, was für ein Glück, das wenigstens er darin gelesen hatte, dachte ich in diesem Moment.

„Verbunden ja, durch das Blut des Defenders? Ja, aber das bedeutet nicht, dass sie eine Ehe eingegangen sind, um es so auszudrücken. Das kann man verschiedentlich auslegen... Es gibt ebenso Verbindungen zwischen Bruder und Schwester, Freund und Freund, Freundin und Freundin." erklärte die Frau nun, wie mir vorkam mit Genugtuung. Die anderen Ratsmitglieder nickten zustimmend. Alle waren sich also einig, wie es schien. Und noch etwas wurde mir schlagartig klar.

„Dies hier, mein Schatz!" sagte ich gefährlich leise und wandte mich an Geoffrey. „Diese sogenannte Versammlung ist eine einzige Phrase! Die Typen da vorne am Tisch haben sich ihre Meinung und ihr Urteil bereits gebildet, als wir beide noch schliefen! Egal was wir auch sagen, ihre Entscheidung steht fest!" Dann wandte ich mich dem Rat zu. Ich machte einige Schritte nach vorn und starrte die Frau an, die sich so laut geäußert hatte. „Nicht wahr? Sie haben längst beschlossen, mich und Geoffrey zu trennen. Sie glauben, wenn wir lange genug auseinander sind, werden wir uns anderen Partnern zuwenden!" Etwas fiel mir wieder ein. „Sie hoffen, wenn Geoffrey und ich uns anderen Partnern zu wenden, es noch mehr kleine, süße Defender gibt!" Ich zitterte erbärmlich, es war alles ein abgekartetes Spiel, die Menschen vor uns hatten längst alles beschlossen...

„Damit habe ich schon gerechnet." gestand Geoffrey und grunzte als der Älteste sein Wort erhob. „Hüter Mc Laine hat einen Eid geschworen, Miss Clarens! Er hat geschworen der Gemeinschaft zu dienen, und zu tun, was wichtig für uns ist! Er hat bereits zweimal gegen diesen Eid verstoßen und wir haben es toleriert, weil wir wussten wie wichtig er für die Gemeinschaft ist!"

„Wowowow" warf ich erneut ein und unterbrach den Ältesten erneut. „Wieso zwei Mal?"

„Er löste, die von uns arrangierte Verlobung mit Katharina Gallinow. Und er ging eine emotionale Verbindung zu einem seiner Schützlinge ein." erklärte der Älteste genervt.

„Deine Verlobung mit dem arroganten Drachen war arrangiert? Nun gut, dann sei dir verziehen." sagte ich und stupste Geoffrey grinsend an. „Hast ja gerade noch rechtzeitig die Kurve gekratzt damals. Was für ein Glück das du mich kennengelernt hast."

„Nicht mehr wütend?" fragte er mich leise. Ich hob meinen Finger und wies hinter mir. „Auf dich? Nein... Auf diese Arschlöcher hinter uns? Oh ja!"

„Mary ist meine Frau! Daran ändert nichts, aber überhaupt nichts von dem was sie sagen! Und wir weigern uns, uns zu trennen, nur weil sie es so wünschen!" Geoffrey hatte sich zum Rat gewendet und meine Hand ergriffen. „Mary hat Recht, dies hier ist weiter nichts als eine weitere Gerichtsverhandlung, allerdings steht ihr Urteil bereits fest."

„Wir werden diese merkwürdige Burg verlassen und Nachhause zurück kehren!" sagte ich. „Und sie werden uns jedes unserer Kinder zurückgeben!" Ich holte tief Luft um mich zu beruhigen. „Wir werden das Kloster weiter offen halten, für alle Kinder die uns brauchen!"

Die Ratsmitglieder flüsterten miteinander, schienen uns fast vergessen zu haben. Geoffrey zog mir einen Stuhl heran und zwang mich, mich zu setzen. „Setz dich, du solltest nicht so lange stehen" befahl er mir so leise, das nur ich es hören konnte.

„Sie haben sich bereits entschieden, Geoffrey." sagte ich bitter. „Ihre Entscheidung stand bereits fest, bevor wir diesen Saal betreten haben." flüsterte Geoffrey und nickte mir zu, auch er schien dieser Meinung zu sein.

„Wir können über sie nicht entscheiden, Miss Clarens." sagte jetzt der Älteste laut und differenzierte mich damit ganz klar als ledige, junge Frau. Er sprach mir also meine Verbindung mit Geoffrey ab. „Sie sind kein Mitglied der Gemeinschaft, haben anders als Hüter Mc Laine, keinen bindenden Eid abgelegt. Wir können sie also nicht hier halten, so gerne wir es würden." Dann wandte er sich an Geoffrey. „Sie Hüter haben sich und ihr Leben der Gemeinschaft verschrieben. Sie haben geschworen zu tun, was der Gemeinschaft nutzt!" Schweigen trat ein...

„Sie glauben, ich würde die Burg nicht ohne dich verlassen, Geoffrey.

Darauf hoffen sie." sagte ich nachdenklich. Geoffrey nickte, auch er schien nachdenklich.

„Mary ist meine Frau! Und sie wird die Burg verlassen. Sie wird ins Kloster zurückkehren und dort weiter unterrichten!" bestimmte Geoffrey. „Sie werden alle Kinder dorthin zurückschicken."

„Das haben sie nicht zu entscheiden! Wichtig für sie ist nur eins: Sie sind nicht verheiratet, Hüter! Wir haben dem nicht zugestimmt. Miss Clarens ist frei und ungebunden. Sie ist noch sehr jung, eigentlich war es ein Vergehen ihrerseits sie an sich binden zu wollen! Bei Miss Clarens handelt es sich wahrscheinlich nur um eine Jungmädchen Schwärmerei! Sie kann die Burg jederzeit verlassen." Er holte kurz Luft. „Sie sind wesentlich älter als Miss Clarens, sie hätten Vernunft beweisen müssen! Was mit ihnen passiert, werden wir zu gegebener Stunde klären!" erklärte der Älteste erneut. Dann sah er zur Uhr und erhob sich. Ich wollte protestieren, doch Geoffrey legte mir warnend eine Hand auf die Schulter. Wir warteten bis sich der Saal geleert hatte.

„Lass uns Essen gehen." sagte Geoffrey und zog mich vom Stuhl hoch. „Willst du dir das gefallen lassen?" fragte ich ihn wütend, drauf und dran, hinter den Ratsmitgliedern her zu laufen und ihnen meine Meinung zu sagen. „Was fällt dem Arsch ein zu behaupten ich sei ein Kind und du zu alt für mich!"

„Liebling?" fragte er schmunzelnd. „Ja?" sagte ich. „Vertraue mir. Wenn einer diese Typen kennt, dann ich." Er zog mich durch den langen Gang zu der Küche. „Aber Geoffrey! Wie sprichst du denn von dem hohen Rat !" tat ich empört, während ich mich von ihm ziehen ließ. „Ich lerne, ich lerne von der Besten... Du öffnest mir die Augen, mein Liebling. Ich merke immer mehr, deine Art ist doch nicht so verkehrt."

Wir holten uns etwas zum Mittag und waren auf dem Weg zu Geoffreys Zimmer als uns eine Gruppe Wächter aufhielt, gefolgt von der Frau mittleren Alters. „Miss Clarens?" sagte sie, als sie vor uns stehen blieben. „Ich würde sie gerne zu ihrem Zimmer bringen." Ihr Blick glitt kurz zu Geoffrey, der mich hinter sich schob. Es war mehr als lustig, er balancierte auf beiden Händen unser Mittagessen und versuchte trotzdem, mich zu schützen.

„Es ist hier Sitte, das unverheiratete Frauen und Mädchen, so wie in

ihrem Fall, in einem anderen Teil der Burg untergebracht werden." sagte
sie weiter. Die Wachen schoben sich grob zwischen Geoffrey und mich,
ich merkte, der Rat meinte ernst, was er gesagt hatte. Sie wollten uns
unbedingt trennen.

Ein Grinsen ging über mein Gesicht. Geoffrey sah es. „Keine Hand-
greiflichkeiten, das ist unangebracht, Liebling." warnte er mich, er
kannte mein Grinsen, wusste Ärger war angesagt. „Aber ich doch nicht,
Schatz!" betonte ich jedes meiner Worte. Ich hob meine Hand und
winkte leicht. Geoffrey kannte die Bewegung gut und machte eilig einige
Schritte rückwärts. Hinter einer Säule brachte er sich in Sicherheit. „Sag,
Schatz, was heißt Ratten auf Russisch?" fragte ich den nun ebenso grin-
senden Geoffrey. Aus den Ecken und Löchern der alten Burg strömten
Hunderte von Mäusen und Ratten auf die Wachen und der Frau zu. Alle
schrien erschreckt auf und liefen den langen Gang hinunter, gefolgt von
meinen kleinen Freunden. „Ich sagte doch, sie sollten nicht versuchen
uns zu trennen." sagte ich zu dem lachenden Geoffrey.

„Den Trick musst du mir unbedingt zeigen." antwortete er, nachdem er
wieder zu Atem gekommen war. „Nee, das geht nicht, ist so ein Mary-
Ratten Ding." sagte ich und zog ihn weiter zu unserem Zimmer. Die
Teller schwankten gefährlich in seinen Händen. „Komm, du weißt ich
hasse kaltes Essen."

7. Kapitel

Es war fast Mitternacht, als es erneut an unserer Zimmertür klopfte. Ich war gerade eingeschlafen, Geoffrey hatte mich nach dem Essen in seine Arme gezogen und zum Bett getragen, ich hatte mich nicht gewehrt, als er mich auszog und sich neben mir ausstreckte. „Sie werden es nicht schaffen uns zu trennen." hatte er leise geflüstert und ich hatte ihn zu mir gezogen. „Niemals" war meine Antwort gewesen...

Das Klopfen verstärkte sich, ich schloss kurz meine Augen und erkannte die Flamme von Kevin, er schien ziemlich nervös zu sein. „Kevin steht vor unserer Tür" sagte ich und schüttelte Geoffrey, der halb auf mir lag und schlief. Ein Grunzen war seine einzige Antwort. „Wach auf du Faulpelz!" bestimmte ich.

„Liebling, ich bin erschöpft, du hast mir meine letzte Kraft geraubt." stöhnte Geoffrey. Ich schlug ihm böse auf den Oberarm, schob ihn von mir herunter und lief zur Tür, die ich einen Spalt weit öffnete. „Ihr seid noch nicht angezogen?" fragte Kevin überrascht und verkniff sich ein Grinsen, er wusste, was im Zimmer passiert war.

„Was willst du Blödmann, haben wir nicht schon genug Ärger am Hals?" fragte ich Kevin, der sich an mir vorbei schob und Geoffrey aus dem Bett zerrte. „Wir warten alle in der Sakristei auf euch! Alle, Susan, Nick, Roberto, Olga und deine Eltern! Und wer fehlt? Ihr! Verdammt beeilt euch oder dein toller Plan geht nach hinten los." fluchte Kevin. „Ich reiß mir den Arsch auf für dich und du verschläfst, weil du zu müde bist vom..."

„Schnauze!" murrte Geoffrey, dann war er schlagartig wach. „Zieh dir etwas Hübsches an, wie haben einen wichtigen Termin!" befahl er mir und sprang in seine schwarze Jeans.

„Hallo, geht's noch? Ich habe nur die Klamotten die ich am Leibe trug als ich dich vor Gericht raus geboxt habe! Und außerdem ziehst du auch deine Jeans wieder an!"

„Weniger reden, schneller anziehen!" befahl Kevin nervös. Er sah immer wieder in den langen Gang und seufzte. „Gleich kommen eure Wachen wieder! Roberto hat sie beide unter Zwang aufs Klo geschickt. Beeilt euch!" knurrte er. Er befürchtete wohl einen Streit. Nun wütend genug war ich dazu, immerhin hatte ich kaum geschlafen!

„Verdammt! Wo hast du meinen BH hingeworfen!" klagte ich Geoffrey an und wühlte im Wäschehaufen.

„Nervös wie jede Braut an ihrem Hochzeitstag!" entschlüpfte es Kevin und duckte sich, als Geoffrey ihm wütend ein Kissen entgegen warf. Mein Kopf schoss hoch. „Wer heiratet heute!" wollte ich wissen.

„Ähm, Danke, lieber Bruder des Herzens. War das jetzt nötig? Das bringt jetzt erst wieder eine endlose Diskussion mit sich! Du kennst Mary anscheinend immer noch nicht gut!"stöhnte Geoffrey. Er rollte sich schnell über das Bett auf meine Seite des kleinen Zimmers und zog mich an sich. „Das können wir alles besprechen, wenn wir dort sind." hauchte er mir ins Ohr. Ich war so überrascht, das ich seinen Zwang zu spät bemerkte. „Ziehe dich an, schnell, wir müssen uns beeilen." Wieder gehauchte Worte, die mich gefügig machten.

„Wow, den Trick musst du mir zeigen, wenn ich mal heirate." sagte Kevin. Mein Kopf schoss hoch. „Wer heiratet?" fragte ich und es blitzte in meinen Augen auf. „Halte deine Klappe, Idiot!" zischte Geoffrey.

„Niemand Schatz, wir, machen nur einen schönen Spaziergang." hauchte er erneut in meine Ohren. Ich setzte ein dümmliches Lächeln auf und folgte beiden Männern, durch die dunklen Gänge, immer wieder die Treppe hinunter.

„Echt cooler Trick, Bruder!" keuchte Kevin, der Mühe hatte uns zu folgen. Geoffrey lief, ich folgte ihm willig. „Trick?" fragte ich und blieb so abrupt stehen, das Geoffrey fast hinfiel.

„Erinnere mich daran, dich zu töten, wenn wir diesen ganzen Müll hinter uns gebracht haben!" schnauzte Geoffrey Kevin an. Jetzt reichte es mir. Ich stemmte meine Arme in die Hüfte und schnaubte wütend.

„Mein geliebter Mann! Unsere Hochzeit ist kein Müll! Ich wiederhole: KEIN MÜLL! Wenn du Müll willst, bring mich in die dreckige Gasse zurück, wo du mich gefunden hast!"

„Wie, was?" staunte Kevin. Geoffrey zog mich weiter, ich bockte und stemmte mich gegen ihn. Genervt hob er mich hoch, warf mich über seine Schulter und trug mich mit schnellen Schritten weiter durch den dunklen Gang. „Mary hat anscheinend meinem Zwang widerstanden und nur so getan als ob. Sie wusste die ganze Zeit wohin es geht, stimmts? Fragte Geoffrey und öffnete eine schwere Tür."

„Nun der erste Zwang hat mich überrascht, der war echt gut, aber als Kevin dann wieder zu sprechen anfing..." ich grinste und zeigte dem sichtlich peinlich berührten Mann hinter mir den Mittelfinger. „Ich sage ja immer, zu viel Reden ist schädlich."

„DAS SAGST DU???" fragte Geoffrey und fuhr sich durch seine Haare, die jetzt in alle Richtungen ab standen. Er ließ mich herunter und ich konnte endlich sehen, wo wir gelandet waren...

In einer Kirche...
In der ersten Reihe saßen Elsa, Mirow, Susan, Nick, Roberto und Olga. Sie alle sahen uns erleichtert entgegen. Mirow tippte nervös auf seine Uhr. Wieder fiel mir was für ein modernes Stück für solch altmodischen Mann. Bei ihm hätte ich viel eher eine altmodische Taschenuhr vermutet, elegant mit einem Monokel im Auge ablesend...
„Mary Cooper Clarens!" donnerte Geoffrey mich jetzt an, es hallte durch das Kirchenschiff. „Konzerntrier dich, verdammt noch mal!" Er schüttelte mich sanft, besorgt, fürsorglich. Sofort war ich wieder milde gestimmt. Es gab Zeiten da war er nicht so liebevoll mit mir umgegangen. „Gib mir deine Hand!" forderte er mich auf und zog mich den Gang hinunter zum Altar. „Bereit für das hier?" fragte Geoffrey mich nun leise. Er wies auf den Altar und dem Priester der mit dem Rücken zu uns oben stand und betete. „Dafür bin ich seit sechs Jahren bereit." antwortete ich. „Allerdings trug ich in meinen Luftschlösser Träumen immer ein elfenbeinfarbenes Kleid, weiß sieht scheiße bei mir aus." antwortete ich salopp und entlockte Geoffrey ein kleines Grunzen. „Nie ein einfaches Ja oder Nein, oder?" sagte er leise und küsste mich schnell. Wir knieten uns hin...
Dann drehte sich der Priester zu uns um...
„He!" rief ich und sprang wieder auf. Dann hob ich meinen Finger und wies auf ihn. „Sie! Sie! Sie sind doch der Blödmann, der meinen Geoffrey zum Tode verurteilt hat!" rief ich empört und wehrte mich, als Geoffrey mich wieder zu sich herunter zog. Man war ich wütend.

„Im Grunde genommen tue ich es jetzt gerade noch einmal... immerhin verheirate ich Geoffrey mit ihnen Mary." antwortete der Priester grinsend. Meine Freunde versuchten vergeblich einen Lachanfall zu unterdrücken, toll keine Hilfe von denen also.

„Können wir das nach der Trauung diskutieren?" zischte Geoffrey mir zu. „Falls du es nicht weißt! Das was wir hier machen ist ein neuerlicher Regelbruch! Und der Richter, der auch gleichzeitig der Priester in der Burg ist, macht sich ebenso schuldig wie wir alle hier!"

„Dann soll ich ihn also auch noch artig Danke sagen? Danke, dass sie meinen Mann nicht hingerichtet haben? Ach nein, das wollte er ja! Wenn ich deinen Arsch nicht aus dem Knast geholt hätte, würdest du nun in den ewigen Jagdgründen herumlaufen, gejagt von der liebeskranken Katharina!" schnaubte ich. Ein allgemeines Aufstöhnen war meine einzige Antwort.

„Wollen wir anfangen Geoffrey?" fragte der Richter/Priester leicht genervt, wie mir schien. Was ich überhaupt nicht verstand, Weshalb war er genervt? Wenn einer das Recht hatte genervt zu sein, dann ja wohl ich, oder?

„Jetzt halte deinen süßen Mund oder ich besorge mir Klebeband." drohte Geoffrey mir. „Und wie soll ich dann Ja sagen?" konterte ich und sah wie er sich erneut durch die Haare fuhr. Dann nickte ich friedfertig. Es war schon schlimm genug in einer Jeans zu heiraten, die man drei Tage am Körper trug, da wollte ich kein Klebeband auf dem Mund...

Der Priester sprach ein russisches Gebet, dann die Hochzeitsformel mir zu liebe in Englisch. Dann fragte er Geoffrey, sein dunkles, voller Liebe ausgesprochenes Ja, entschädigte mich für alles, was in den letzten Tagen passiert war.

Mein Ja, war wesentlich höher, fast piepsend. Ich zitterte, als der Priester unsere Hände ineinander legte und wieder ein Gebet sprach.

War es wirklich wahr? War ich jetzt wirklich die Ehefrau von Geoffrey Mc Laine geworden? Hatten wir wirklich geheiratet? Oder würde ich gleich erneut aufwachen, aufwachen aus einen der vielen Träume, die ich immer hatte? Ich sah an mir herunter, nein, ich trug ein abgetragenes Shirt mit blödem Spruch über der Brust, eine abgewetzte Jeans und billige Turnschuhe.. das konnte keiner meiner extravaganten Träume sein. Das musste real sein...

Ich war Mrs. Mary Mc.Laine... Geoffreys Ehefrau...

Kaum hatte der Priester das Gebet beendet und Geoffrey wollte sich zu mir beugen um mich zu küssen, als die Tür der Kirche aufgerissen wurde.

Etwa 20 Wachen stürmten den Raum, gefolgt von einigen Ratsmitgliedern, die in sicheren Abstand stehen blieben.

„Aufhören! Die Hochzeit findet nicht statt!" schrie einer der Männer.

„Susan!" rief ich, ich hatte gesehen, dass sie ihren Zeichenblock bereits auf dem Schoß liegen hatte. Sofort waren 20 Sturmtruppsoldaten zwischen uns und den Wachen, die abrupt stehen blieben und die Armee mit ihren Blasteegewehren anstarrten.

„Keine Terrakottakrieger?" fragte Geoffrey überrascht. „Nö" sagte ich und grinste. „Susan hat neulich Krieg der Sterne gesehen und wollte mal was neues ausprobieren." Ich zog Geoffrey zu mir und küsste ihn leidenschaftlich.

„Zu Spät!" sagte der Priester nun laut und hob seine Hände in die Höhe. „Die Hochzeit hat stattgefunden. Wir haben jede Menge Zeugen!" Er wies auf meine Freunde, die sich nun alle erhoben und sich zu uns stellten. Uns störte es nicht, wir küssten uns immer noch. Der Priester ging um uns herum und stieß Susan an. „Wir sind hier in einer Kirche, könnten sie die Soldaten verschwinden lassen?" fragte er sie. „Ich möchte nicht, dass jemand verletzt wird."

Susan zuckte mit den Achseln. „Das kann ich nicht, Vater. Das müssen sie Mary fragen... wenn sie mal wieder zum Luft holen kommt." Verwundert sah der Priester zwischen Susan und mir hin und her. „Aber sie haben sie doch gezeichnet, Mädchen." sagte er verwirrt. „Ja aber Mary kontrolliert sie." antwortete Susan mit einem breiten Grinsen. Die Ratsmitglieder kamen nun erstaunt näher, die Soldaten zogen ihren Schutzkreis um uns herum enger.

Susan deutete eine Knicks in die Richtung der Ratsmitglieder an.

„Meine beste Freundin hat gerade geheiratet! Und wenn sie es wagen, beide zu trennen, trete ich ihnen in den Arsch, das es blutet!" sagte sie so charmant als würde sie über das Wetter plaudern.

„Noch solch ein impertinentes, freches unhöfliches Mädchen!" schnauzte die Frau mittleren Alters, die ich, so beschloss ich, während Geoffrey mir aufhalf, mal irgendwann nach ihrem Namen fragen musste. „Es brechen finstere Zeiten für unsere Gemeinschaft an." schrie sie wieder. Dann wandte sie sich an den Priester. „Die Hochzeit ist unrechtmäßig!" „Die Trauung fand vor Gott und seinem Vertreter statt, mich!" widersprach der Priester. „Wollen sie trennen, was Gott zusammengefügt hat?!"

Die Frau kam näher, versuchte an den Soldaten vorbei zu Geoffrey und mich zu kommen, doch vergebens. Die Soldaten hoben ihre Waffen und legten an. Die Frau wich erschreckt zurück. „Das hat Folgen Hüter Mc Laine! Wir hatten ihnen gesagt, das Mädchen ist zu jung um zu wissen was sie will. Sie sind wesentlich älter und sollten es eigentlich besser wissen!"

„Wir sind Verheiratet! Mary ist alt genug um zu wissen was sie will, ich war derjenige, der das nicht einsehen wollte..." widersprach Geoffrey und gab mir einen schnellen Kuss. „Liebling sei so nett und löse die Soldaten auf. Wir haben alles erledigt, was zu tun war."

Ich tat ihm den Gefallen, die Sturmtruppe löste sich vor den Augen der verblüfften Ratsmitglieder und der Wachen in Luft auf.

Sofort wurden wir alle, einschließlich dem Priester gegriffen und in einem langen Zug von Menschen zum Kerker geführt...

„Mirow, unser Sohn hat geheiratet! Ich glaubte schon, dieser Tag würde nie kommen." sagte Elsa. Glücklich wischte sie sich Tränen aus dem Gesicht. Ich wandte mich zu ihr um und grinste glücklich."Nun, ich wusste seit meinem 15. Lebensjahr, dieser Tag würde kommen." Ich wandte mich zu Geoffrey. „Egal wie sehr du dich gewehrt hast, seit dem Tag damals hast du mir gehört."

„Ich hatte nie eine wirkliche Chance gegen dich, oder?" fragte er liebevoll. Ich schüttelte grinsend meinen Kopf. Dann hatten wir die Kerker erreicht.

Man sperrte mich in eine Zelle, Geoffrey in die daneben liegende. Dann folgte Kevin, Roberto, Olga, Susan , Nick und schließlich Geoffreys Eltern, die man, mangels genug Zellen, zusammen einsperrte.

„Ist das deren Ernst?" fragte ich wütend. Ich stand an der Zellenwand, die mich von Geoffrey trennte. „Glauben sie alles ernstes, uns trennen zu können?"

„Anscheinend kennen sie dich nicht so gut wie ich, Liebling." antworte-

te Geoffrey gähnend und warf sich auf sein schmales Bett. Dann rutsch-
te er an die Wand. Einladend klopfte er auf die andere Hälfte des Bettes.

„Allerdings nicht!" sagte ich. Ich fasste zwei der Gitterstäbe und bog sie
gerade so weit auseinander, das ich zu Geoffrey in die Zelle schlüpfen
konnte. Ein lautes Auflachen der anderen alarmierte die Wachen, die
eilig um die Ecke kamen. „Buh!" machte ich laut, sie liefen zum Telefon
um Bericht zu erstatten..

So kam es, dass ich meine Hochzeitsnacht in einer Gefängniszelle
verbrachte... sicher geborgen in den Armen meines frisch angetrauten
Ehemannes...

8. Kapitel

„Hunger!" ich stand an den Gitterstäben und brüllte aus Leibeskräften. Susan knurrte laut und zog sich ihr Kissen über den Kopf. Elsa grinste, sie reckte sich und erhob sich, Mirow schüttelnd. Kevin und Nick schliefen weiter, ihr Schnarchen war laut und deutlich zu hören. „Hunger!" schrie ich erneut. „Kaffee!" stimmte Geoffrey nun ein. „Entweder ihr bringt uns augenblicklich etwas zu essen und Kaffee oder ich komm hier raus und ihr könnt was erleben!" drohte ich laut. Eine Wache kam um die Ecke und sagte etwas grob auf Russisch. Dann verschwand er wieder. „War das eine Beleidigung, Schatz?" fragte ich verwirrt Geoffrey, der leicht rot angelaufen war. „Nein!" sagte er schnell. „Doch!" widersprach Elsa ihrem Sohn grinsend. „Eine sehr unschöne Bemerkung über rothaarige Amerikanerinnen."

Wutentbrannt rüttelte ich an der Gittertür, doch das Schloss erzitterte zwar, gab aber nicht nach. „Verdammt, ich habe noch nicht gefrühstückt." fluchte ich.

„Darf ich Liebes?" fragte Geoffrey liebenswürdig und stieß mit einem gezielten Schlag die Tür auf. „Wenn es um Kaffee geht verstehe ich keinen Spaß." sagte er als ihm der böse Blick seines Vaters traf. „Außerdem geht es nicht, das Mary hungert." Er zwinkerte seinen Eltern zu. Beide nickten. Geoffrey reichte mir seine Hand und wir beide traten aus der demolierten Zelle. „He, was ist mit uns?" fragte Susan. „Wir haben alle Hunger, wir schreien nur nicht so herum, wie gewisse Flitterwöchner!" „Einen Moment." antwortete Geoffrey und ließ meine Hand los. Er verschwand kurz um die Ecke, einige russische Worte fielen, dann ein dumpfer Aufschlag und er erschien mit dem Schlüssel für die Zellentüren. „Was hast du gesagt?" fragte ich Geoffrey, während wir gefolgt von den anderen über die ohnmächtige Wache stiegen und wie ein Pilgerzug durch die Burg marschierten. „Ich habe mich bei dem Wachmann nur für seinen netten Spruch dir gegenüber bedankt." antwortete er grinsend.

Im Speisesaal herrschte reger Betrieb. Erst jetzt konnte ich erkennen, wie viele Kinder hier zur Schule gingen. Kinder aus allen Herren Länder saßen an Tischen, aßen und unterhielten sich angeregt. Mir fiel sofort ihre überaus hässliche Einheitskleidung auf. Mädchen trugen grau, Jungen schwarz. „Haben die hier schon mal was von Mode gehört? Wie hässlich kann man denn Kinder noch kleiden." bestätigte Susan meinen Eindruck. „Das grenzt schon an Körperverletzung." sagte ich grinsend und betrachtete den riesigen Haufen an grau und schwarz.

Jetzt sahen die Kinder uns entgegen. Sie verstummten schlagartig, als wir neun den Raum betraten und uns am Büfett Teller nahmen. Während ich für Geoffrey und mich Lebensmittel auf Teller verteilte, schenkte er zwei große Becher Kaffee ein. Elsa hatte eine leere Bank entdeckt und wartete dort auf uns, die wir nacheinander mit vollbeladenen Tellern zu ihr kamen. Kevin balancierte ein großes Tablett mit Bechern vor sich her. Dann saßen wir alle am Tisch und wollten gerade essen, als zwei Jugendliche, fast noch Kinder sich zu uns gesellten. Sie setzten sich neben Geoffrey und mich und starrten uns unverhohlen mit großen Augen an. Geoffrey seufzte genervt, während ich ein Grinsen unterdrückte. „Hallo!" sagte endlich das Mädchen stockend auf Englisch. Ihre Wimpern klapperten nervös. Sie zitterte etwas ängstlich.

„Selber Hallo!" antwortete ich ihr aufmunternd. Ich wollte gerade eine Gabel voll Rührei in meinen Mund schieben, als sich ihre kleine Hand auf meinen Arm legte. „Sie sind es, oder?" fragte sie mich aufgeregt. „Wer?" fragte ich zurück. Wieder versuchte ich zu essen, doch wieder hielt sie meinen Arm fest umklammert.

„Der Defender! Wir reden hier in der Burg von nichts anderen! Wir haben geglaubt, es sei ein Gerücht, denn es gibt doch keine Defender mehr! Und schon gar keine Frau!" Dann holte sie kurz Luft. „Ich habe da einen etwas bekloppten Chat-Freund seit Weihnachten. Sein Name ist Jimmi. Ein super lustiger Typ. Er schrieb über sie und ich dachte er spinnt sich etwas zusammen um interessant zu sein. Aber er hat sie genau beschrieben und es stimmt. Ihre Haare sind wirklich feuerrot!"

„Man, die redet genauso viel wie du Mary!" sagte Susan und schob sich etwas Rührei in den Mund. Was war ich neidisch. Auch ich würde gerne essen, doch das Mädchen hielt meinen Arm fest... „Sie ist nur aufgeregt."

sagte Elsa. „Aber wir müssen mit Jimmi über sein Chatverhalten sprechen. Unbedingt!" Sie warf einen strengen Blick zu ihrem Mann. Mirow nickte ernst. „Dringend!" bestätigte er.

„Sind sie wirklich so stark?" fragte nun der Junge an Geoffreys Seite. „Wir haben heute Morgen gehört, sie hätten Gitterstäbe verbogen." Geoffrey zuckte nur mit seinen Schultern. „Nö, ich nicht. Ich zerstöre kein fremdes Eigentum." Er zwinkerte mir zu. „Das war sie!" sagte er nur. Dann wies er auf meinen Teller. „Essen, Mrs. Mc Laine!" befahl er und unterdrückte ein Grinsen. Endlich ließ das Mädchen meinen Arm los und stammelte eine Entschuldigung.

„Alle Achtung!" Der Junge pfiff anerkennend durch seine Zähne. „Ich habe gehört, sie beide kämpfen darum, ihre Schule wiederzueröffnen. Wenn das klappt, kann ich dann zu ihnen kommen?" fragte das Mädchen mich aufgeregt. „Jimmi schrieb, bei ihnen ist es, seit der Defender aufgetaucht ist, jeden Tag lustig. Kein Tag ohne neuerliche Katastrophe."

„Jimmi ist fällig!" drohte Geoffrey finster. Er schob mir eine volle Gabel Rührei in den Mund. „Antworte darauf jetzt lieber nicht." sagte er leise und füllte die Gabel erneut. „Bekomme ich noch etwas Kaffee?" bat ich doch er schüttelte streng seinen Kopf. „Ich ja, du nicht! Trink lieber mehr Milch!" Er erhob sich um seinen Becher nachzufüllen. Ich streckte ihm die Zunge heraus.

Die Kinder neben uns lachten herzhaft. „Man, ich muss mich bei Jimmi entschuldigen. Ich habe ihm doch tatsächlich einen Lügner genannt, als er sie beschrieb, Mary! Ich glaubte, so wie sie kann keine erwachsene Frau sein. Super, wie sie sich behaupten." das Mädchen japste nach Luft, so sehr lachte sie. „Und sie haben sich den Hüter geangelt. Genauso wie Jimmi es prophezeit hat."

Ich stöhnte auf und gab Geoffrey im Stillen Recht. Jimmi war mehr als fällig... dann fiel mir etwas auf, was das Mädchen gesagt hatte. „Du hast Kontakt zu Jimmi? Immer noch, selbst nachdem sie unser Kloster geschlossen haben?" fragte ich sie aufgeregt. Das Mädchen bejahte. „Ja, aber nicht mehr so regelmäßig. In seinem neuen Haus sind sehr strenge Regeln. Er kann mir immer nur heimlich, meistens nachts schreiben. Und auch nur, wenn er ein Signal hat." berichtete das Mädchen nun. „Wie heißt du?" fragte ich sie. „Ich bin Gerda, das neben ihnen ist mein

Bruder George." sagte sie. „Gut Gerda, ich habe nun einen Geheim-auftrag für dich." sagte ich, gerade als Geoffrey wieder kam. „Baust du schon wieder Mist, meine Liebe?" fragte er gefährlich leise. „Ich bin versucht, Jimmi recht zugeben... kein Tag ohne..." Er verstummte. Sein Blick wanderte zur Tür, soeben waren etwa 20 Wachen eingetreten. Ich ignorierte Geoffreys Frage. „Hör zu Gerda. Wenn Jimmi sich wieder meldet, frage ihn wo er sich aufhält und welche Kinder von unserem Kloster bei ihm sind. Es ist sehr wichtig." Ich sah Gerda bittend an, das Mädchen grinste, dann umarmte sie mich. „Das erledige ich sofort! Ich mag dich Mary, ich tue alles für dich."

„Mary und Kinder!" flüsterte Mirow. Alle nickten zustimmend.

„Alle Schüler haben unverzüglich den Saal zu räumen! Lasst alles stehen und liegen! Verlasst augenblicklich den Raum!" war nun eine Durchsage zu hören. Geoffrey übersetzte für mich. Genervt nahm ich mir vor, als allererstes, wenn wir wieder Zuhause waren, einen Russisch Sprachkurs zu besuchen.

„Jimmi hat Recht. Du und Hüter Mc Laine. Ihr seid einfach super." Ger-da erhob sich, sie drückte verschwörerisch meine Hand und ging dann mit ihrem Bruder aus dem Saal. „Dein Einfluss auf die Kinder ist echt bemerkenswert." sagte Elsa liebevoll. „Biblisch... lasset die Kinderlein zu mir kommen." sinnierte Olga wieder.

Kaum hatte der letzte Schüler den Saal verlassen als die Wachen näher kamen und unseren Tisch umstellten. „Geht das schon wieder los?" fragte ich gelangweilt. „Man erwartet sie im großen Saal." sagte eine der Wachen. „Wenn meine Frau gegessen hat, eher nicht." widersprach Geoffrey. Wieder hielt er mir eine Gabel voll Rührei hin. „Die Rats-mitglieder warten." die Stimme der Wache wurde schärfer. Ich kaute, schluckte und grinste. „Lassen sie mich raten... sie hatten gestern ihren freien Tag, oder?" fragte ich den Mann dann. Er nickte. „Dann kennen sie unsere kleinen Freunde also noch nicht." Ich sah kurz zu Susan, die ihren Block bereits gezückt hatte. Einige der Wachen wichen zurück, sie hatten allen Anschein gestern nicht frei gehabt, so vermutete ich. Wieder erschienen die Soldaten, sie umringten uns, bildeten einen soliden Schutzkreis um unseren Tisch.

„Irgendwie fand ich die Terrakottaarmee cooler." sagte Nick.

„Meine Herren, richten sie dem Rat aus, wir erscheinen im großen Saal, so wie wir zu Ende gefrühstückt haben." sagte nun Mirow. Er beugte sich über seinen Teller und biss in sein Brot. Wir anderen taten es ihm gleich und ignorierten die Wachen, die nun ratlos vor den Soldaten standen.

Es dauerte eine gute halbe Stunde, bis Geoffrey beschloss, es wäre an der Zeit, sich zum Saal zu begeben. „Das war wohl das erste Mal, dass mein Vater sich gegen einen Befehl des Rats aufgelehnt hat. Du übst echt schlechten Einfluss auf uns alle aus." flüsterte er mir liebevoll ins Ohr, während wir den Wachen folgten.

Es war einen überaus merkwürdige Prozession, die den langen Gang hinunter ging. Geoffrey mit mir an der Hand, die anderen, die uns folgten, unsere Soldaten und dann die restlichen Wachen. Jeder der uns sah blieb mit offenen Mund stehen und staunte. Einige Kinder zogen ihre Handys aus den Taschen und fotografierten, was ich sehr gut verstehen konnte. Solch ein Schauspiel war wohl einmalig. Viele Lehrer erschienen um sie daran zu hindern.

Gerda kam den Gang auf uns zu und stoppte, als sie bei mir war. Ich hob meine Hand und unsere Soldaten ließen sie zu mir durch.

„Von Jimmi..." flüsterte sie atemlos und reichte mir eilig einen Zettel mit Namen darauf. Eine der Wachen erschien und zog das Kind von mir weg. Wir gingen weiter, Geoffrey führte mich, während ich den Zettel las. Dann lächelte ich erleichtert. Ich beschloss Jimmi alles zu vergeben, wenn wir ihn wiedersahen... der Junge hatte ganz allein alle unsere Kinder aufgespürt und Kontakt mit ihnen gehalten! Dank meiner Geschenke zu Weihnachten hatten sie alle ein Internetforum eröffnet und sich ausgetauscht, in welche Häuser sie jeweils untergebracht worden waren. Einzig die Namen von Judy, Lisa und Timothy fehlten, aber das war mir egal, wo die drei waren, wusste ich...

Im großen Saal saßen heute noch mehr Ratsmitglieder, anscheinend hatte unsere Hochzeit für mächtig viel Trubel gesorgt. Nervös drückte ich

Geoffreys Hand. Man wies uns eine lange Bank an, direkt vor den Tisch, an denen nun etwa 30 Ratsmitglieder saßen. Dahinter weitere Bänke mit Ratsmitgliedern...

Die Bank war ziemlich eng, so das Geoffrey mich und Nick Susan auf den Schoß nehmen musste damit wir alle sitzen konnten. Es gab etwas Schubserei, bis wir alle saßen, und Susan brach in Lachen aus, was ihr einen strengen Blick der Ratsmitglieder einbrachte.

„Also, der Rat hat, nach eingehenden Beratungen mit Priester Mollard beschlossen, ihre... nicht bewilligte Hochzeit als rechtskräftig anzusehen." begann der Älteste. „Das ändert das gestern besprochene und beschlossene in allen Grundlagen. Wir werden nicht weiter darauf drängen, Hüter Mc Laine und seine Frau zu trennen. Vielmehr ist Mary Clarens- Mc Laine nun ebenfalls ein Mitglied unsere Gemeinschaft und muss sich deren Regeln unterwerfen."

„Den Teufel werde ich tun!" widersprach ich wütend. Ich wollte aufspringen, wurde von Geoffrey jedoch zurückgehalten. „Ich dachte du willst mir vertrauen, Liebling." flüsterte er mir zu, dann erhob er sich und setzte mich auf seinen Platz. „Mein Auftritt!" sagte er lächelnd und verbeugte sich.

„Hoher Rat, lassen sie mich ihnen zu aller erst unsere Freunde vorstellen... die ihre Nacht in der Zelle übrigens als einzigartige Erfahrung verbuchen werden!" Geoffrey blieb vor Susan und Nick stehen. „Dies hier ist Susan Jenkins. Marys beste Freundin... und ihre Waffenmeisterin!" Geoffrey grinste, als er das Aufstöhnen des Rats hörte. „Susan ist, ebenso wie meine Frau die erste ihrer Art seit Jahrhunderten. Beide verbindet eine einzigartige Freundschaft und ein ebenso einzigartiges Band. Ich habe versucht das gleiche Band mit Miss Jenkins zu knüpfen, ohne Erfolg." Er hob seine Hand und gebot dem Ältesten Schweigen als dieser etwas sagen wollte.

„Der junge Mann neben Miss Jenkins ist Niclas Miller. Sohn von Julia Sanderson, eine ehemalige Schülerin aus dem Haus in Deutschland." sagte Geoffrey weiter und gebot Nick ebenfalls Ruhe, als dieser aufspringen wollte. „Später!" raunte er ihm zu.

„Meine Eltern muss ich ihnen nicht weiter vorstellen. Beide arbeiten ihr Leben lang für ein Hungerlohn für die Gemeinschaft!" Schließlich blieb er vor Roberto stehen und wartete bis dieser ihm zunickte. „Und dies, meine Herren und Damen Rat ist Roberto Komanowa und seine entzückende Frau Olga." Dann schwieg Geoffrey kam zu mir und nahm mich wieder auf den Schoß. Schweigen war eingetreten...

„Roberto Komanowa? Warum kommt mir der Name so bekannt vor?" fragte nun der Älteste. Ebenso wie die anderen überlegte er.

„Mensch, er ist das 12. Bild links in dieser riesigen Halle!" sagte ich genervt. Geoffrey grinste. „Irgendwie muss ich Gregorius Recht geben. So etwas banales hast du dir natürlich gemerkt."

Wütend zog ich ihm an den Ohren, dann küsste ich ihn kurz. Geoffrey grinste frech. Ich erhob mich und wies auf ein altes, fast vergilbtes Bild. „Das wird dir aber überhaupt nicht gerecht Roberto. Wann hast du dir deinen Bart abrasiert? Und diese altmodische Kleidung... das Olga sich da in dich verliebt hat damals grenzt ja an ein Wunder." Ich betrachtete das Bild eingehend und grinste, es sah wirklich furchtbar aus... ob von Geoffrey und mir hier auch irgendwann solche Bilder hängen würden? Ob es überhaupt einen Farbton für meine roten Haare gab?

„Schatz, konzentriere dich bitte!" rief Geoffrey mir über den entstandenen Lärm zu. Die Ratsmitglieder waren aufgesprungen um sich ebenso wie ich das Bild anzusehen, immer wieder gingen ihre Köpfe zu Roberto herum, der lässig auf unserer Bank saß, die Arme verschränkt, Olga an ihn gelehnt. „Sag, wie konntest du damals in den Schuhen überhaupt laufen!" schrie ich ihm zu. Er seufzte und raufte sich seine kupferfarbenen Haare. Sie waren nur einen Ton dunkler als meine... warum fiel mir das erst jetzt auf? Fragte ich mich.

„Mary! Bei Fuß!" rief mir Geoffrey jetzt energisch zu. Der Kreis um das Bild herum wurde enger, er hatte Angst um mich, wie ich bemerkte. Susan und Elsa brachen in Lachen aus, als ich treu zu meinen Mann trottete und mich auf seinen Schoß niederließ.

Es dauerte eine kleine Weile bis endlich Ruhe im Saal eintrat und sich die Ratsmitglieder wieder setzten, immer noch diskutierend.

„Mein Einsatz?" fragte Roberto und erhob sich.

„Meine Damen, meine Herren... ich bin Robert von Kalink. Vor 420 Jahren saßen meine Frau Olga und ich schon mal hier in diesem Saal. Ebenso wie meine Ur-Ur-Urenkelin Mary musste ich um meine Liebe kämpfen!" begann Robert.

„Ich bin deine was?!" unterbrach ich ihn, wurde von Geoffrey jedoch zum Schweigen gebracht. „Später!" raunte er mir zu. „Du benutzt das Wort später ziemlich oft, mein Lieber!" zischte ich zurück.

„Also Olga und ich flohen, weil der damalige Rat unsere Verbindung nicht tolerierte. Man ging sogar so weit, Olga ermorden zu lassen. Ich holte sie, ebenso wie Mary ihren Mann, zurück ins Leben. Wir flohen nach Amerika und leben seitdem dort." Roberto holte tief Luft. „Wir bekamen einen Sohn. Mirko, er wies keinerlei Male auf. Er wuchs heran , heirate und wurde Vater einer Tochter. Das Kind hatte auch keine Male. Dann starb unser Sohn und seine Frau heiratete erneut. Wir zogen uns von ihnen zurück, da wir extrem langsam altern. Unsere Enkeltochter heiratete und bekam drei Kinder, alle ohne Mal, wie Olga und ich heraus fanden. Damit war die Sache für uns erledigt. Wir dachten, aus unserer Linie gäbe es keinen Defender mehr. So war ich der letzte verbleibende Defender!"

Olga erhob sich und nahm Robertos Hand. „Dann stolperte Mary in unser Leben. Mir war sofort klar dass es da eine Verbindung zu uns geben musste, alleine die Haarfarbe." sie strich liebevoll über Robertos Kopf. „Seine Haare waren früher ebenso rot wie deine, Liebes." Olga lächelte mich an."Wunderschön rot."

Endlich wusste ich, wem ich diese Farbe zu verdanken hatte. „Na ganz große Klasse! Danke dafür, Urgroßopi!" rief ich laut. Wieder ein lautes Lachen, diesmal von Geoffrey. „Nun, ich liebe deine Haare." flüsterte er mir zu. „Da bist du der einzige!" zischte ich zurück. "Wirklich der Einzige!"

Robert zwinkerte uns zu, dann wandte er sich erneut an den Rat. „Wir forschten nach und stellten fest dass Marys Vater ein Nachkomme von uns war. Er hat dir mein Defender Mal mit allen seinen Gaben vererbt, Kind." sagte Roberto nun wieder. „Es hat also vier Generationen übersprungen. Es kann sein, dass es da draußen weitere Nachkommen von uns mit Malen gibt, das werden wir herausfinden müssen."

„Also gibt es bis jetzt drei bekannte Defender, die das Mal und die Gaben haben." sagte der Älteste. Immer noch schien er nicht glauben zu können was er soeben gehört hatte. „Das wirft ein ganz neues Licht auf die Sache. Wir werden überlegen, was nun zu tun ist. Wir können keinen von ihnen gehenlassen."

„Und da trete ich erneut auf den Plan!" donnerte Roberto.
Er trat an die Tische und starrte jedes der Mitglieder an. „Ich bin der
älteste Defender, das älteste Ratsmitglied, das älteste Mitglied dieser
Gemeinschaft! Es steht im Buch geschrieben, der Älteste der Defender
entscheidet über die Zukunft!" sagte er bestimmt.
„Ein Defender wird kommen und er weiß um die Zukunft." fiel mir der
Satz ein, den ich im letzten Jahr im Buch gelesen hatte. Geoffrey nickte
mir bejahend zu. „Vater und ich dachten damals das seist du, doch es
handelt sich wohl um Roberto bei der Vorhersage." flüsterte Geoffrey
mit zu.
„Und ich bestimme, das alle diese Menschen hinter mir Nachhause in
ihr Kloster zurückkehren werden! Und dass alle ihre Kinder wieder
dorthin zurückkehren werden!" befahl Roberto.
Er wies hinter sich auf uns alle, die wir auf der Bank saßen.
„Entweder das oder ich nehme ihre schöne Burg wirklich Stück für
Stück auseinander!" bekräftigte ich seine Worte. „Und wir werden dir
gerne helfen!" sagte Susan bestimmt. Lautes Gemurmel, leise Streit-
gespräche und Diskussionen entstanden am Tisch. Uns schienen sie
komplett vergessen zu haben. Wir saßen auf unserer Bank und sahen
uns gelangweilt an.
„Und, was hast du heute noch so vor?" fragte ich grinsend Susan, die
ein Gähnen andeutete. „Schlaf nachholen, war nicht so toll heute Nacht.
Das Bett war ziemlich hart." Sie kuschelte sich an Nick, der immer noch
etwas verwirrt war.
„Also ich werde erst mal Schoppen gehen, habe nichts mehr zum Anziehen." sagte ich. „Frauen!" stöhnte Nick und erntete ein Grinsen von
den Männern. Sein Blick suchte den von Geoffrey der ihm zuversichtlich zunickte. „Das mit deiner Mutter erzähle ich dir im Anschluss der
Sitzung hier".
Endlich endeten die Gespräche und der Älteste richtete erneut das Wort
an uns. „Also, Wir haben das Kloster geschlossen, weil dort die Regeln
zu oft gebrochen wurden. Den Kindern dort wurde zu viel Freiheit
eingeräumt. Seit dem Auftauchen von Miss Clarens, Mrs. Mc Laine..."
verbesserte sich der Älteste. „....ging dort alles drunter und drüber. Katharina Gallinow hat uns furchtbare Dinge berichtet. Uns blieb nichts
anderes übrig als das Kloster zu schließen um die Kinder zu schützen."

„Meinen sie diese abgelaufene Milchtüte, die überkandidelte Saftschne-cke, die sich mit Gevatter Tod und Jerry zusammentat um meinen Mann zu fangen?" fragte ich wütend und sprang empört auf. Alle auf der Bank lachten auf, sogar einige der Ratsmitglieder, wie ich feststellen konnte. „Der haben sie auch nur ein Wort geglaubt? Warum kamen sie nicht selber um sich ein eigenes Urteil zu bilden?" fragte ich wütend. „Ein einziger Besuch hätte gereicht um zu merken, was für Lügen diese Frau verbreitet hat! Die Kinder haben so viel wie noch nie gelernt von mir!" Wütend stampfte ich mit dem Fuß auf. Geoffrey zog mich zurück auf seinen Schoß. „Beruhige dich, Liebes, alles läuft nach Plan!" sagte er leise.

„Mein Auftritt!" sagte Mirow. Er erhob sich und zog sich seine Jacke zu Recht. „Hoher Rat. Seit Mary unfreiwillig in unsere Gemeinschaft kam, ich betone unfreiwillig, denn mein Sohn hat sie quasi entführt, hat sie unser komplettes Leben umgekrempelt. Ihr Mundwerk ist gewöh-nungsbedürftig, ja. Ihre Sprüche alles andere als Salonfähig... Aber wenn man den Sinn dahinter erkennt, dann merkt man was für ein wertvoller Mensch sie ist. Bei einer unserer ersten Begegnungen sagte sie einmal, wir müssten unseren verstauben Kasten ins 21. Jahrhundert bringen. Und wissen sie was? Nachdem ich lange darüber nachgedacht habe, musste ich ihr Recht geben! Wir sammeln unsere Kinder in der ganzen Welt ein, bringen sie in sichere Häuser und schützen sie dort, doch mehr nicht. Wir geben ihnen Nahrung, Obdach und lehren sie, aber wir geben ihnen keine Wärme, keine Liebe, und kein Selbstbewusstsein. Das wur-de mir klar, als ich erfuhr was Josefine getan hatte. Das arme verwirr-te Mädchen... Mit ein wenig mehr Liebe hätte da ein großes Unglück verhindert werden können." Mirow lächelte mir zu. „Meine Schwieger-tochter hat ihr ganzes Leben lang niemals Liebe oder Wärme erfahren! Ihre beiden Eltern waren dazu nicht in der Lage, und doch verteilt sie so großzügig diese beiden Gaben, das unsere Kinder sie vergöttern. Unsere Kinder fühlen sich alle von Mary geliebt. Ihr Vertrauen sie, zu ihr gehen sie, wenn sie Probleme haben. Zu mir oder meiner Frau sind sie nie gekommen! Was sagt das über uns als Erzieher aus? Geben uns unsere Kinder wieder. Denn wiederkommen werden sie alle, entweder mit oder ihre Einwilligung!" schloss Mirow seine Rede. Er wandte sich zu uns herum und zwinkerte mir und Geoffrey zu.

„Nur Mary hat es geschafft, aus einem humorlosen, unromantischen, verstaubten Kerl einen liebenden Ehemann zu machen." schloss Kevin und wich Geoffreys Ellenbogen elegant aus.

„Die Kinder verdienen eine zweite Chance. Und ihr Kloster auch. Vielleicht ist es wirklich an der Zeit umzudenken. Die letzten Tage haben uns allen gezeigt, wie altmodisch wir wirklich sind in unseren Ansichten. Wir werden ihre Kinder suchen lassen." sagte die Frau mittleren Alters, deren Namen ich immer noch nicht kannte, die ich jetzt jedoch schon mehr leiden konnte.

„Nicht nötig. Ist schon erledigt!" rief ich. „Ich weiß wo sie alle sind!" Ich sprang auf und reichte ihr die Liste, die Gerda mir in die Hand gedrückt hatte. Ungläubig starrte sie die Liste an. „Wie haben sie das geschafft?" wollte sie wissen. „Meine Frau ist eine außergewöhnliche Person, begreifen sie es endlich." sagte Geoffrey merklich stolz.

Gerda und George hatte echt was gut bei mir, beschloss ich. Dann fiel mir Gerdas Bitte wieder ein.

„Wir werden in unser Kloster zurückkehren. Es ist für mich eine wirkliche Heimat geworden. Aber es wäre schön, wenn sie uns jeden Sommer Kinder aus verschiedenen Häusern schicken. Mein Mann und ich werden sie dann in den Grundlagen unterrichten. Als so eine Art Seminar. Wir werden ihnen lehren was wir unseren Kindern beibrachten." sagte ich begeistert. Und zum allerersten Mal konnte ich ein winziges Lächeln auf dem Gesicht der Frau mir gegenüber erkennen. „Man, so sehen sie richtiggehend nett aus." lobte ich sie. „Um Jahre jünger!"

Elsa stöhnte auf, was ich nicht verstand.

„Und schon fängt sie wieder an, Pläne zu schmieden. Haben wir das eine Problem nicht gerade erledigt?" stöhnte Geoffrey und raufte sich seine Haare. Ich drehte mich zu ihm um und streckte ihm die Zunge heraus...

9. Kapitel

12 Stunden später saßen wir im Flugzeug das uns Heimbringen sollte. Alle waren wir so schnell wie möglich aus der Burg verschwunden.
Nichts hatte uns noch gehalten. Einzig Roberto und Olga waren noch
geblieben um einiges, was in den Jahrhunderten verloren gegangen war,
zu bereinigen. Sie würden uns irgendwann folgen. Zufrieden kuschelte
ich mich in Geoffreys Arme und dämmerte vor mich hin. Wieder ein
Abenteuer, das wir souverän gemeistert hatten, dachte ich. Jetzt freute
ich mich auf Lisa und Timothy...
„Glücklich?" fragte er mich leise, die anderen neben uns schliefen. „Frag
mich das noch einmal wenn ich Lisa und Timothy wieder habe." sagte
ich leise. Er lachte leise auf. „Verstehe ich sehr gut, Liebes." antwortete
er leise. Wir hatten beide Kinder am Telefon gesprochen, na ja Lisa hatte
wie üblich wie ein Wasserfall gesprochen, Timothy hatte nur gelauscht.
Aber ich war überglücklich gewesen, sie bei Gloria in Sicherheit zu wissen.
Ihr Zirkus war in der Nähe des Klosters geblieben und nun würden
sie dort auf uns warten. Nur noch wenige Stunden, dann war ich Zuhause. Etwas anderes fiel mir nun ein. Etwas, über das ich unbedingt
mit Geoffrey sprechen musste. „Weißt du eigentlich wie reich du durch
unsere Heirat geworden bist, mein lieber Mann?" fragte ich Geoffrey der
jetzt seinen Kopf hob und mich vollkommen verwirrt ansah. Jetzt zog
er nachdenklich seine Augenbrauen zusammen. Ich merkte, darüber
hatte er sich noch keine Gedanken gemacht. Mein Reichtum war ihm
vollkommen egal. Er liebte mich wirklich um mich selbst Willen... Auch
dafür liebte ich ihn. Schnell küsste ich ihm die Sorgenfalten fort. „Keine
Panik, mein Anwalt ist echt gut, der kümmert sich um mein, nein unser,
Geld" verbesserte ich mich. „Du musst nur sagen, was du für das Kloster
benötigst."
„Du willst alles ins Kloster stecken? Bist du bekloppt?" fragte mich
Geoffrey. „Fängst du jetzt auch an, alles für das Kloster zu opfern?"

Ich schoss hoch, wütend, verwirrt, doch dann sah ich das Lachen in seinen Mundwinkeln und entspannte mich umgehend. Wie sehr ich ihn doch liebte…

„Wie wäre es mit einer kleinen Weltreise für deine Eltern?" schlug ich ihm stattdessen vor. „Deine Mutter könnte sich alle diese Orte von denen sie bislang nur gelesen hat, ansehen. Deine Eltern haben noch nie Urlaub gemacht, stimmst?"

„Womit habe ich nur solch liebe Frau verdient?" fragte er und küsste mich sanft. Geoffrey legte eine Hand liebevoll über meinen Magen und zog mich zu sich, als er urplötzlich stockte. Wieder fuhr seine Hand über meinen Magen, wieder stockte er. „Ich habe ihn gespürt" flüsterte er ergriffen.

„Nö... Das waren nur Verdauungsstörungen" widersprach ich. „Außerdem wird es ein Mädchen!"

„WAS?" schrie Susan so laut, dass sie alle anderen weckte. „Habe ich euch gerade richtig verstanden? Mary ist schwanger?!" Sie schnaubte wie ein Stier kurz bevor er den Matador zerlegt. „Mein liebes Fräulein! Du bist schwanger und dann hast du trotzdem den ganzen Scheiß durchgezogen! Bist um die halbe Welt geflogen. Hast deinen Mann aus dem Knast geholt. Hast auf dich schießen lassen und dich mit Jerry angelegt! Bist du denn ganz bekloppt! Wie bescheuert muss ein Mensch sein!" Wieder schnaubte sie. „Ich kündige dir hiermit offiziell meine Freundschaft!" Sie drehte sich in ihren Sitz herum und starrte wütend aus dem Fenster.

„Ich liebe Geoffrey seit meinem 15. Lebensjahr. Du warst dabei, alle die Jahre, hast mit mir den ganzen Mist mit durchgemacht und du fragst mich nach meinen geistigen Gesundheitszustand?" fragte ich meine beste Freundin. „Gerade du solltest wissen, wie bekloppt und stur ich sein kann." Liebevoll stupste ich sie in den Rücken. „Wie kannst du als zukünftige Patentante mir die Freundschaft kündigen! Was soll ich meinem zukünftigen Kind sagen, wenn es nach dir fragt? Du hast die beste Patentante der Welt, nur leider spricht sie nicht mit mir?" fragte ich leise, fast ängstlich. Susan heulte auf und warf ihre Arme um mich. Wir beide heulten um die Wette.

"Frauen" sagte Nick und erntete von Geoffrey ein zustimmendes Nicken.

Es dauerte eine gute Woche, dann war im Kloster alles wieder beim alten. Alle meine Kinder waren wieder hier, nun ja fast alle... Judy war im Zirkus geblieben. Wie ich erwartet hatte, hatte sie Ethan wirklich nett gefunden. Nun ja wirklich, wirklich nett. Auch wenn Judy erst 18 Jahre alt war und Mirow seine Bedenken geäußert hatte, so wusste sie doch was sie wollte. Ebenso wie ich damals wusste, es würde für mich niemand anderen als Geoffrey Mc Laine geben. Ethan und Judy versprachen uns, Geoffrey und mir, sich noch ein Jahr Zeit mit allem zu lassen. Daraufhin stimmte mein Mann zu, Judy bei Gloria und Ethan zu lassen. Er hatte dank mir gelernt, das auch junge Frauen durchaus stur sein konnten...

Was waren wir glücklich, als wir Lisa und Timothy wieder in unsere Arme schließen konnten. Beide Kinder waren braungebrannt und munter. Herkules tobte um uns herum zur Begrüßung, Tom, der Kater kam mit hoch erhobenen Schwanz zu uns und strich mir um die Beine. Stolz zeigten sie uns ihre kleinen Tricks, die Oskar ihnen beigebracht hatte. Es war ein lustiger Abend geworden...

Jetzt saßen wir in der Küche. Lisa und Timothy in ein Puzzle vertieft, Elsa wie immer beim Kochen. Mirow und Geoffrey diskutierten angeregt über einen neuen Anbau. Eine neue Trainingshalle für die Fortgeschrittenen. Es hatte noch einigen Aufwand gekostet, Geoffrey mit meinem Anwalt zusammen zu bringen. Otto war bereits seit meiner Kindheit der Anwalt meiner Familie gewesen und sehr argwöhnisch gegenüber Geoffrey. Doch jetzt hatte er ihn als meinen Mann akzeptiert. Die Gemeinschaft hatte sich in diesem Fall sehr für Geoffrey eingesetzt.

Ich saß auf einen der bequemen Sessel die Geoffrey mir zu liebe in die Küche gestellt hatte. Mein Bauchumfang war in den letzten Wochen ziemlich gewachsen und hatte den Kindern hier im Kloster einigen Anlass zum Spott gegeben. Jetzt bewegte sich mein Kind wieder. Beruhigend legte ich meine Hand auf meinen Bauch.
Timothy stieg auf seinen Stuhl. Krabbelte über den Tisch und blieb vor mir sitzen, seine kleinen Beine hingen vom Tisch. Das hatte er bereits einmal getan und gespannt wartete ich was nun kommen würde. Elsa stieß Geoffrey und Mirow an, beide hoben verwundert ihre Köpfe.

„Heiligabend" sagte Timothy und es war das erste Mal für Mirow und Geoffrey, für Elsa, Lisa und mich das zweite Mal, dass wir den Jungen sprechen hörten. „Was ist Heiligabend?" fragte ich das Kind. „Dein Junge wird Heiligabend geboren werden." sagte Timothy erneut. Totenstille herrschte in der Küche. Einzig Lisa kicherte leise. „Toll du Orakel, weißt du auch die Uhrzeit, vielleicht darf ich vorher noch zu Mittag essen?" fragte ich weiter. Timothy legte seinen Kopf schief, dann grinste er. „Dein Junge sagt, so um Mitternacht, aber nur wenn du dich nicht allzu dumm dabei anstellst." Timothy lächelte, küsste mich auf die Stirn, erhob sich, krabbelte zurück auf seinen Stuhl und widmete sich erneut seinem Puzzle.

„Was war das bitte schön?" fragte ich in die Runde. Doch niemand antwortete... Mein lieber Mann lag, sich vor Lachen krümmend, auf dem Boden.

Elsa wischte sich Tränen aus den Augen und unterdrückte vergeblich ihr Lachen. „Unser ungeborener Enkelsohn ist bereits jetzt schon so arrogant und frech wie seine Mutter!" brüllte sie und lachte los.

„Geoffrey, hilf mir gefälligst!" verlangte ich, doch mein Mann lag immer noch lachend auf dem schmutzigen Boden. „Da bekommt das alte Weihnachtslied > Ihr Kinderlein kommet < eine ganz neue Bedeutung, oder Vater?" fragte er nur. Immer noch lachte er aus vollen Herzen.

„Kindischer Idiot" sagte ich grinsend. Eigentlich war es ganz praktisch, zu wissen, wann man sich bereit halten musste, oder?

Es hatte zu heftigen Streit geführt. Geoffrey hatte darauf bestanden, das ich die letzten Tage vor der Entbindung in einem Krankenhaus verbringen sollte, doch sein Vater hatte zu bedenken gegeben dass es das allererste mal sei, das zwei Defender ein Kind bekamen. Nicht auszudenken, was bei so einer Geburt alles passieren könnte.

Vielleicht würde unser kleiner Junge leuchten wie eine Reklametafel, konnte bereits sprechen oder der gesamte Engelschor erschien um ihn ein Willkommenslied zu trällern. So wie es vor etlichen Jahren ja in Bethlehem mal der Fall gewesen sein soll. Wir hatten keine Ahnung und außer der kleinen Mitteilung von Timothy eben verlief meine Schwangerschaft ganz normal. Ich versuchte mich zu erheben. Sofort war Geoffrey an meiner Seite um mir aufzuhelfen. „Na genug gelacht,

Blödmann?" fragte ich und er grinste erneut. „Zeit für meinen Termin bei Carola." bestimmte ich. Ein Grinsen kam über meine Lippen, als Geoffrey verstimmt sein Gesicht verzog.

Carola war zusammen mit ihrem vierjährigen Sohn Benedikt zu uns gekommen. Ich hatte sie unter einen ganzen Stapel an Bewerbungen heraus gezogen und stur darauf bestanden, dass es ausgerechnet diese Frau hatte sein müssen. Es hatte zu endlos langen Diskussionen geführt. Mirow und Geoffrey hatten alle ihre Bedenken geäußert, doch ich war stur geblieben, warum wusste ich selber nicht. Die Männer hatten ja recht. Carola war sehr jung. Sie war außerdem Mutter und alleinstehend. Aber es war mir total egal gewesen. Ich hatte gewusst, es musste diese Frau sein! Nur sie, keine andere! Und ich hatte Recht.

Carola war eine junge, sehr engagierte Ärztin, die Geoffrey dann genervt eingestellt hatte um hier im Kloster zu arbeiten. Sie war unser Kompromiss zu einem Krankenhaus. Zuerst sollte sie nur bis zur Entbindung bleiben, danach wollte Geoffrey ihr Gedächtnis löschen. Doch nach und nach wuchs sie uns so ans Herz, das wir sie in unser Geheimnis einweihten und sie beschloss mit Benedikt zu bleiben.

Nun ja, ich beschloss sie einzuweihen... in einem sehr emotionalen Moment meiner Schwangerschaft sprudelte alles aus mir heraus. Man, war Geoffrey damals wütend gewesen, doch Carola war echt in Ordnung. Was hatte sie meinen lieben Mann die Leviten gelesen, ihn zusammengestaucht. Nun mal ehrlich, schreit man seine schwangere Frau auch so an?

Nun ich fand, Carola passte sehr gut zu Susan und mir. Sie war ebenso Wortgewand wie wir beide, auch wenn sie keinen Worte wie Idiot, Blödmann oder Arschloch benutzte und ich die Hälfte ihrer hochgestochenen Ausdrücke nicht kannte... Nein sie würde uns komplett machen... Die drei weiblichen Musketiere... das Ponton zu Geoffrey, Nick und Kevin fand ich.

Außerdem verstanden sich Lisa und Timothy sehr gut mit Benedikt. „Wenn es so weiter geht mit den kleinen Kindern müssen wir bald einen Kindergarten aufmachen" ulkte Mirow neulich. Geoffrey hatte sich endlich etwas beruhigt. Er verbrachte sogar ziemlich viel Zeit mit Benedikt und den Kindern, fiel mir jetzt auf...

Dem Geld meines Vaters sei Dank konnten wir hier im Kloster eine komplette Mini-Klinik einrichten. Wir waren also auf alles vorbereitet...

Wir gingen über den Innenhof und blieben stehen um die Kinder beim Spielen zu beobachten. „Ist es nicht schön, sie so glücklich zu sehen, Geoffrey?" fragte ich und wandte mich zu Geoffrey herum, der mich hinter den Brunnen zog und leidenschaftlich küsste. Lachend schob ich ihn etwas von mir. „Weißt du noch das erste Mal als ich hier war? Da war Lisa allein und hatte nur Tom zum Spielen." Geoffrey nickte. Er wollte gerade antworten, als der Toralarm einen Besucher ankündigte. Fragend hob Geoffrey die Augenbrauen und schob mich Richtung Klinik. „Geh zu Carola. Ich sehe nach wer kommt" befahl er mir. „He Blödmann, ich bin kein Kind mehr, ich will auch sehen wer uns besuchen kommt" weigerte ich mich. Doch entschlossen schob er mich zur Tür. „Nein aber du bekommst ein Kind... mein Kind, also sorge für seinen Schutz" schimpfte er. Dann ging er zum Tor und ließ mich allein. Wütend streckte ich ihm die Zunge heraus. „Das habe ich gesehen, Liebling" rief Geoffrey ohne sich umzuwenden. Ich lachte glücklich auf. Was hatte sich mein Leben doch zum Guten verändert. War ich im letzten Jahr noch einsam und allein gewesen so gab es jetzt eine Unmenge an Menschen die mich liebten.. Ich hatte eine große Familie gewonnen.

„Du bist spät" begrüßte mich Carola. „Aber nicht schlimm. Ich habe bis eben noch Gerry verarztet. Er hat sich den Arm verrenkt." Sie nahm mich kurz in den Arm und half mir dann mich auf die Liege zu legen. „Wie geht es dir heute?" fragte sie mich.
„Gut, aber ich kann dir nun genau sagen, wann mein Sohn gedenkt zur Welt zu kommen" antwortete ich und erzählte Carola von der Begebenheit in der Küche. Sie lachte hell auf. Ich mochte ihr Lachen, es war melodisch, fand ich. Wahrscheinlich konnte Carola auch sehr gut singen, überlegte ich. Carola prüfte meinen Blutdruck, meine Reflexe und machte gerade einen Ultraschall, als Geoffrey seinen Kopf zur Tür herein steckte.
„Kommen sie rein, Hüter McLaine" sagte Carola grinsend. „Wenn sie ihren Sohn sehen wollen, sind sie gerade richtig." Sie wies auf den

Stuhl neben mir und Geoffrey setzte sich. Er griff meine Hand und sah gebannt auf den Monitor. Dort konnte er seinen Sohn beobachten. Geoffrey grinste glücklich und drückte meine Hand.

„Wer war der Besucher?" fragte ich leise, während wir Carola beobachteten, die einige Messungen vornahm und zufrieden nickte. „Kevin ist gekommen" sagte Geoffrey, wieder sah er gespannt zum Monitor. „Wenn ich es nicht besser wüsste, könnte ich schwören, dein Sohn hat mir gerade den Mittelfinger gezeigt" flüsterte er mir zu. Ich lächelte. Es hatte wirklich so ausgesehen...

„Er ist dieses Jahr etwas früher dran, oder?" fragte ich. Kevin kam jedes Jahr ins Kloster zurück um bei den Vorbereitungen für das Weihnachtsfest zu helfen. „Ja, er sagte, er hätte seinen neuen Roman schneller fertig bekommen als angenommen und gedacht, die übrige Zeit hier zu verbringen." Geoffrey seufzte theatralisch, aber ich wusste, er liebte den Mann wie einen Bruder. „Er bestellt bei Mama schon mal Kaffee für uns alle. Komm doch gleich mit, Carola, dann lernst du meinen Bruder des Herzens kennen." Bot Geoffrey an. Carola nickte. „Ich muss nur noch mal kurz nach Benedikt schauen. Spielt er noch draußen?"

„Ja, mit Lisa und Timothy. Gerda und ihr Bruder passen auf. Sie haben jetzt zwei Freistunden. Die Beiden brauchen keinen Russisch Unterricht." Erklärte Geoffrey grinsend. Er wollte mich damit aufziehen. Ich hatte vergeblich versucht, dem Unterricht zu folgen und auch etwas Russisch zu lernen. Doch ich gab schnell auf. Nun gab mir Geoffrey Privatunterricht. Er sah kurz aus dem Fenster. Dort konnte er die Kinder sehen, die friedlich in der Sandkiste spielten. Gerda und ihr Bruder waren zum Austausch für Jimmi und Luise hier. Jimmi und Luise waren drüben in Russland um den Kindern zu lehren, was ich ihnen beigebracht hatte.

„Mit Junior ist alles in Ordnung. Er wächst sehr gut." sagte Carola nun und legte ihre Instrumente beiseite. Dann reckte sie sich kurz. „Bin mächtig gespannt, was es dann Weihnachten abgibt" Sie grinste Geoffrey an, der schief lächelte. „Ich auch" antwortete er. „Bei Mary muss man mit allem rechnen" Er half mir aufstehen und hielt meine Jacke. Wütend boxte ich ihn auf den Arm.

„Habt ihr euch schon auf einen Namen geeinigt?" fragte Carola. Sie zog sich ihre warme Jacke über und hielt uns die Tür auf. Ich schüttelte meinen Kopf und seufzte laut. Das Thema artete stets in Streit aus. Während Geoffrey einen konservativen Namen wie Theodor, Julius oder Amadeus für unser Kind wollte, war ich für etwas modernes... Dennis, Tobias oder Max...

„Wir haben uns darauf geeinigt, es zu entscheiden, wenn Junior auf der Welt ist" antwortete Geoffrey grinsend, fast siegessicher, wie es mir schien. „Wir haben beschlossen, einen Wettstreit auszutragen. Geoffrey ist schon siegessicher. Doch ich darf die Art des Kampfes aussuchen" sagte ich und schmunzelte. Geoffrey würde sich wundern...

Wir hatten den Hof halb überquert, als Carola plötzlich stockte. Sie wandte ihren Schritt und eilte auf die Kinder zu. Dort konnte sie nun einen blonden hoch gewachsenen Mann sehen, der sich zu den Kindern beugte. „Wer ist das!" schnauzte sie wütend. „Das ist Kevin, ein sehr guter Freund von uns" erklärte Geoffrey, der versuchte, sie einzuholen. Ich blieb kurzatmig hinter den Beiden zurück. Wieder ließ ich einen leisen Fluch los. Die fortschreitende Schwangerschaft behinderte mich sehr. „He Kevin. Begrüßt du die Kleinen?" rief Geoffrey. Jetzt erhob sich Kevin und drehte sich zu uns um. Ich sah, wie Kevin erstarrte, als er uns kommen sah. Ich wunderte mich..

Carola schrie leise auf. Sie rannte zu den Kindern und hob ihre Hand. Ehe Kevin wusste wie ihm geschah, schlug Carola ihm eine heftige Ohrfeige.

„Wie ist das möglich! Was suchst du dämlicher Chauvinist hier! Was willst du Schwachmat hier!" schrie sie Kevin an und stemmte ihre kleinen Hände wütend in ihre Hüften.

„Mama?" fragte Benedikt überrascht und klammerte sich ängstlich an Carolas Bein. Sie beugte sich zu ihren Sohn und hob ihn liebevoll auf ihre Arme. Endlich hatte ich die kleine Gruppe erreicht und hielt mich an Geoffreys Arm fest. Er lächelte mir sanft zu, dann wandte er sich an Kevin. „Ich lehne mich mal aus dem Fenster und sage, ihr kennt euch bereits."

„Oh ja, und ich frage mich, wie diese Frau hier her kommt." Kevin hielt sich seine brennende Wange und sah finster auf Carola herab, die Benedikt nun an sich drückte und ebenfalls finster aussah.

„Carola ist meine Ärztin. Ich habe sie mir ausgesucht, sie arbeitet hier, Kevin." sagte ich verwirrt. „Können wir das alles nicht drinnen besprechen?" Mir wurde kalt, und die Kinder mussten auch wieder ins Haus zurück. Ich rief Timothy und Lisa zu mir. Dann nahm ich beide an die Hand und ging zurück zur Küche. Dort, so wusste ich, wartete der Kaffee auf mich.

„Warte, ich komme mit." sagte Kevin schnell. „Ich bin hier fertig!" Er nahm mir Timothy ab, setzte ihn sich auf die Schultern und ging mit schnellen Schritten vor mir her.

„Von allen Bewerbungen die du bekommen hast musstest du ausgerechnet diese Frau wählen?" fragte er mich leise, während er mir die Tür aufhielt. „Ausgerechnet Se!" Ich verstand nicht, was wollte er damit sagen? Ich musste ihn unbedingt fragen, so wie wir einen Moment allein waren. Geoffrey folgte uns in die warme Küche. Er war sehr schweigsam, ich überlegte, ob Carola ihm noch etwas gesagt hatte...

„Was meinst du mit "Ausgerechnet diese Frau"? Was hat Carola dir getan?" fragte ich Kevin, kaum dass wir am großen Tisch saßen. Doch er schwieg eisern. Jetzt ging die Tür erneut auf und Kinder stürmten herein. Es war Mittagszeit, ich seufzte. Dann eben nicht, dachte ich wütend. Ich erhob mich, sofort war Geoffrey an meiner Seite, ich winkte frustriert ab. „Lass mir doch wenigstens einen Moment Luft, Goffy." schimpfte ich. Wieder kicherten die Kinder am Tisch. "Manchmal ist es angenehm nur einen Schatten zu werfen!" Ich stemmte die Arme in die Hüfte, doch seit mein Bauch wuchs, sah es nicht mehr so imposant aus wie früher. Ganz im Gegenteil, selbst mein geliebter Mann verkniff sich nur unter Mühen ein Grinsen. „Ich will nur einen Augenblick zu Carola gehen. Sie wird wohl nicht zum Kaffeetrinken erscheinen!" sagte ich und mein wütender Blick traf Kevin, der nun seinen Kopf einzog.

„Warte" bat Elsa mich und zwinkerte mir zu. „Ich gebe dir Kaffee mit." sie schenkte eine Thermoskanne voll und reichte mir zwei Becher. „Geh vorsichtig, Schatz." sagte sie und strich mir kurz über den Bauch. Sie freute sich riesig auf ihr Enkelkind, das wusste ich. Und ich war glücklich, es ihr schenken zu können. Ich hatte in Elsa und Mirow endlich Eltern gefunden, Eltern die mich liebten und akzeptierten wie ich war. Ich lief über den nun belebten Innenhof. Kinder standen überall herum und genossen die Sonnenstrahlen, auch wenn es kalt war. Von allen

Seiten wurde gewunken. Ich winkte zurück und freute mich. Alle meine Kinder waren wieder hier.

Wie ich erwartet hatte, saß Carola niedergeschlagen in ihrem kleinen Wohnzimmer und strich den schlafenden Benedikt übers Haar. Sie hatte geweint und sah nur kurz auf, als ich den Raum betrat. Ich winkte gezwungen fröhlich mit der Thermoskanne, sie nickte und folgte mir in die Küche.

„Ich habe mir gedacht, dass du hier auftauchen würdest... wo ist dein Schatten?" Suchend sah sie sich um, konnte Geoffrey jedoch nicht entdecken. „Hat er dich wirklich so einen langen Weg ganz alleine laufen lassen?"

Ich lachte auf. Carola hatte ja Recht. Es war wirklich untypisch für Geoffrey, nicht an meiner Seite zu sein. Es war fast schon nervend. Hatte ich ihn noch vor einigen Monaten so vermisst, vermisste ich nun einen Augenblick für mich allein...

„Geoffrey ist mit Kevin in sein Büro gegangen um ihn zu bearbeiten. Er will und muss wissen, was zwischen euch beiden war oder ist." sagte ich Wahrheitsgemäß. Ich hatte beschlossen das Thema direkt anzusprechen.

„Sofort zum Thema kommen. Keine Umwege. Typisch Mary." Carola seufzte und schob ihren Becher von sich. Ihr war anscheinend der Appetit auf Kaffee vergangen. Ich grinste, um so mehr Kaffee für mich. Geoffrey schränkte mir meinen Kopffeinkonsum drastisch ein seit meiner Schwangerschaft. Als hätte Carola meine Gedanken gelesen, griff sie die große Thermoskanne und brachte sie zur Spüle. Dort leerte sie sie. Ich grunzte wütend und entlockte ihr nun ein kleines Lächeln.

„Also? Wollen wir uns jetzt anschweigen, oder fängst du an zu reden?" fragte ich und wartete geduldig bis sie sich wieder gesetzt hatte. „Ich könnte auch Zwang einsetzen und dich zum Reden bringen." Theatralisch hob ich meine Hände. Doch Carola reagierte nicht auf meinen Scherz.

„Kevin und ich waren an der Uni ein Paar. Was waren wir verliebt. Wir wollten heiraten. Na ja, ich wollte heiraten. Er hat sich zwei Tage vor der Trauung aus dem Staub gemacht." erzählte Carola wütend. „Hat mich vor fünf Jahren einfach sitzen lassen! Von einem Tag auf den anderen war er verschwunden. Kein Wort mehr von ihm!" Carola erhob sich und lief rastlos durch den Raum. Wütend wischte sie sich eine Träne aus dem Gesicht. „Er sagte eines Morgens, er müsse unbedingt einem Freund besuchen, es sei sehr wichtig. Er sei aber zu unserem Termin wieder bei mir. Ich wartete, doch wer nicht kam war Kevin!"

„Du sprichst von unseren Kevin? Dem Typen der drüben sitzt?" fragte ich überrascht. Carola nickte. Ich überlegte, so kannte ich Kevin nicht. Irgendetwas an der Geschichte passte nicht zusammen. Was war damals passiert, was hatte die beiden Menschen auseinander gebracht? Wieder ein Rätsel, das ich lösen musste. Grübelnd trank ich meinen Kaffee und bedauerte, als der Becher leer war. Dann glitt ein Grinsen über mein Gesicht. Ich hob meinen Daumen und wies auf den Raum hinter mir, dort wo Benedikt schlief. „Jetzt weiß ich an wem mich dein Zwerg immer erinnert hat, Süße." riet ich und sah mit Genugtuung, wie Carola rot anlief.

„Was soll ich denn nun machen, Mary?" fragte sie mich verzweifelt. „Ich will und werde ihm die Wahrheit nicht sagen! Er hat mich verlassen. Mich in Stich gelassen, ohne sich umzudrehen! Er hat kein Anrecht an Benedikt!" sagte Carola. Sie lief nun unruhig durch den Raum und brachte mich unfreiwillig zum Grinsen. „Du erinnerst mich irgendwie an meinen Mann, Süße!" sagte ich und versuchte ein Lachen zu unterdrücken. Die ganze Situation war alles andere als lustig. Endlich setzte sich Carola wieder. „Geoffrey hat irgendwie recht. Du machst selbst in der schlimmsten Situation deine dummen Scherze." antwortete sie grimmig. Jetzt fuhr sie sich durch die Haare und lief mich auflachen, ja sie hatte echt Ähnlichkeiten mit Geoffrey aufzuweisen...

„Es wird einen Grund für Kevins Verhalten damals geben. Und den werde ich herausfinden. Er hat dich und euren Sohn bestimmt nicht einfach so in Stich gelassen!" sagte ich bestimmt und versuchte, mich aus dem Sessel zu erheben. Ich war jetzt fast eine Stunde bei Carola. Jeden Moment würde mein lieber Mann hier auftauchen um nach mir zu sehen. Carola kam und versuchte mir zu helfen, doch alles was passierte war, dass sie auf meinen enormen Bauch landete. Wir waren noch am Kichern und Lachen, als sich die Tür öffnete und Geoffrey herein kam. Auch er unterdrückte nur mit Mühe ein Grinsen und kam zu uns. Mit einen Ruck hatte er mich auf die Beine gestellt. „Für die nächste Zeit gibt es nur noch einen Stuhl für meine kleine Frau." ordnete er lächelnd an.

Ich streckte ihm die Zunge heraus, dann zog ich ihn an mich um ihm zu küssen. „Ich wollte dich abholen, es ist bereits dunkel draußen." sagte er. Sein Blick streifte Carola, die sich wieder in ihren Sessel gekuschelt hatte und die Beine angezogen hatte.

„Hast du Kevin ausgequetscht?" fragte ich Geoffrey, als wir eng aneinander gekuschelt über den Hof zum Haupthaus zurück gingen. Der Schnee fiel leise und ich seufzte auf. Endlich schneite es, spät in diesem Jahr. Geoffrey schwieg einen Moment, dann seufzte er leise. „Kevin wollte sofort wieder abfahren. Ich konnte ihn nur mit Not zum Bleiben überreden. Er weigert sich, mit mir zu reden. Vielleicht hast du ja mehr Glück." sagte er schließlich. „Du hast in solchen Dingen ein gewisses Talent, das mir fehlt." Liebevoll strich er durch mein Haar. Dann zog er mir meine Mütze tiefer ins Gesicht.
„Du meinst, ich bin hartnäckiger und penetranter als du in solchen Dingen." antwortete ich und tat beleidigt. Doch ich wusste ja, wie stolz Geoffrey auf mich war. Er sah sich im Hof um, überall sah es jetzt weiß aus. Auch er seufzte. „So würde ich es nicht ausdrücken, aber ja, du bohrst bis du alles weißt." gab Geoffrey zu. Dann blieb Geoffrey stehen und überlegte einen Moment. „Anderes Thema" begann er. Neugierig hob ich meinen Kopf um ihm ins Gesicht sehen zu können. „Mama und Dad möchten uns ihre Wohnung überlassen. Sie sagen, wenn unser Sohn kommt, brauchen wir unsere eigene Wohnung. Sie wollen dann in unser Zimmer ziehen." Sofort schüttelte ich meinen Kopf um zu widersprechen, doch Geoffrey hielt mich fest und setzte einen Kuss auf meine Stirn. „Es ist ihnen ein Bedürfnis, Mary. Sie haben sonst nicht viel, was sie uns geben können."
„Aber nicht ihre Wohnung. Die brauchen die beiden selber um sich zurückzuziehen." sagte ich leise. Ich überlegte angestrengt. Unser Zimmer war wirklich zu klein um ein Baby darin groß zu ziehen. Und außerdem konnten wir es gut für die vielen neuen Kinder brauchen, die in Scharen zu uns kamen. Doch wohin sollten Geoffrey und ich ziehen? Dann erhellte ein Lächeln mein Gesicht. „Wir lassen uns den Dachboden umbauen. Der ist hell und riesig." sagte ich. „Mama und Dad können den Umbau übernehmen, das wird ihr Geschenk für unseren Sohn sein."

„Wir ziehen also auf den Dachboden... keine schlechte Idee" sagte Geoffrey grinsend. Er zog mich zu sich und küsste mich sanft. „Wir sollten dann nur Türgitter anbringen, sobald Junior krabbeln kann." Er schien bereits in Gedanken bei unserer Wohnungseinrichtung zu sein. Ich schmunzelte und schwieg. Das überließ ich liebend gern Elsa und Mirow. Jetzt hatte ich nur eins- Hunger. Mein Magen meldete sich laut und als Bestätigung trat mein Sohn. Geoffrey spürte es und legte seine Hand auf meinen Bauch, sofort beruhigte sich mein Kind. „Lass uns Essen gehen, Defender" sagte er.

10. Kapitel

Mitten in der Nacht wurde ich wach. Mein Sohn trat und war enorm unruhig. Sehr seltsam. So unruhig war er noch nie gewesen. Geoffrey lag neben mir und schlief fest. Liebevoll zog ich ihm die Decke zu Recht und stieg etwas schwerfällig aus dem Bett. Ich würde mir etwas zu trinken aus der Küche holen. Das würde mein Kind eventuell beruhigen und mich dann weiter schlafen lassen.

Wieder trat mich mein Sohn. „Es sind noch zwei Wochen, Baby. Die wirst du noch aushalten müssen, also mach es uns beiden nicht so schwer." sagte ich grinsend, während ich langsam die Treppe hinunter ging, mich am Geländer festhaltend.

Ich hatte die Küche fast erreicht, als ich aufgeregte Stimmen aus dem Raum vernahm. Es schien als würden sich zwei Menschen streiten. Abwartend blieb ich stehen um zu lauschen. Ich grinste, ich hatte nicht einmal ein schlechtes Gewissen deshalb.

„Ich wollte nichts von dir! Ich suche nur meinen Sohn! Benedikt ist wiedermal nicht in seinem Bett." hörte ich Carolas Stimme.

„Aus dem Kloster kommt er nicht, das ist gut gesichert! Er ist wohl zu Lisa oder Timothy gegangen! Deinem Sohn passiert hier nichts!" hörte ich Kevin sagen. Ich blieb im Flur stehen um zu lauschen. Benedikt war weg? Meine Sinne waren in Alarmzustand.

„Bestimmt, das macht er ab und zu." gab Carola zu. „Er liebt die beiden Kinder sehr." Sie ging zur Tür um den Raum zu verlassen. Dann stockte sie etwas. „Warum bist du nicht wiedergekommen damals?" fragte sie nun. „Ich habe so sehr auf dich gewartet."

Kevin schwieg ein wenig, dann seufzte er. „Und du? Warum bist du keine vier Monate später zu James gezogen? Hast ja sogar ein Kind mit ihm!"

Carola schwieg nun ebenfalls und lief unruhig durch die Küche. „Was ist geschehen, Kevin. Warum kamst du nicht wieder? Du hattest es doch versprochen!"

Beide Menschen dort in Raum verschwiegen sich etwas, das wurde mir klar. Dann überlegte ich, rechnete nach, und plötzlich war es mir klar. „Du warst damals bei Geoffrey als er mit seinem Wagen verunglückt ist! Du hast mit ihm im Wagen gesessen." sagte ich und betrat die Küche.

Beide Köpfe flogen zu mir herum. „Und die Gemeinschaft hat dir verboten wieder Kontakt zu Carola aufzunehmen!"

Kevin warf sich schwer auf einen der Stühle und legte seinen Kopf in die Hände. „In einem Punkt hast du Recht. Ich war bei Geoffrey. Aber während er starb, überlebte ich schwerverletzt. Ich lag fast sechs Monate im Koma. Danach führte mich mein Weg direkt zu dir, Carola. Doch du lebtest inzwischen mit Professor Klemens zusammen und warst schwanger!"

„Blödmann, Benedikt ist dein Sohn!" platzte ich heraus. Carola schrie leise auf, als Kevin aufsprang und dabei den Stuhl umriss.

„Benedikt ist was?" fragte er und starrte die hochrote Carola ungläubig an. „Ich weiß. Du lügst nicht in solchen Dingen, Mary. Aber glauben kann ich es nicht!"

„Benedikt ist dein Sohn! Er ist im August fünf geworden! Rechne nach! Ich weiß, du hast fünf Male, Kevin Spencer. Benedikt hat vier Male. Ich habe mich immer gefragt, was diese merkwürdigen Muttermale zu bedeuten haben, jetzt weiß ich es." gab Carola leise zu. Dann setzte sie sich und wischte sich Tränen aus dem Gesicht. „Ich habe dich so geliebt, Kevin Spencer. Dann hast du mich sitzen lassen und ich war schwanger. James, mein damaliger Mentor hat mich bei sich wohnen lassen und sich um Benedikt und mich gekümmert. Er hatte keine andere Familie. Er versorgte Benedikt und ich konnte mein Studium beenden. Dann bekam er Krebs. Als er starb, vermachte er alles Benedikt."

Kevin stand am Fenster und starrte in die Nacht. „Weißt du, wie furchtbar es für mich war? Was ich fühlte als ich dich sah, zusammen mit deinem Professor? Ich kam, endlich konnte ich mich wieder bewegen, umgehend zu dir. Mir war egal. dass die Gemeinschaft es verboten hatte! Du warst die Frau, die ich heiraten wollte. Dann der Schock. Du und James. Du schwanger. Meine Welt brach zusammen." sagte Kevin leise. „Ich glaubte, du hättest auf mich gewartet. Hättest Vertrauen in mich!"

Wir alle schwiegen, keiner wusste, was er sagen sollte.

„Vielleicht sollte erst mal jemand nachsehen gehen, ob Benedikt wirklich bei Lisa oder Timothy ist." sagte Geoffrey nachdenklich und betrat die Küche. Er setzte sich und zog mich zu sich auf den Schoß. „Alles andere könnt ihr beiden alleine klären, wenn es morgen ist! Dafür braucht ihr meine Frau bestimmt nicht." Seine Hand legte sich auf meinen Bauch, etwas das unseren Sohn bislang immer beruhigt hatte. Doch diesmal trat das Baby nur noch heftiger aus."Was hat unser Sohn denn?" fragte Geoffrey und sah mich streng an. „Hast du schon wieder zu viel Kaffee getrunken?"

„Blödmann, ich bekomme doch keinen Kaffee mehr, außer du genehmigst es ausdrücklich!" sagte ich und boxte ihn liebevoll.

„Ich gehe und schaue nach den Kindern" sagte Kevin langsam. Er war schockiert, das merkten Geoffrey und ich. Nun, man erfuhr ja auch nicht jeden Tag, das man Vater ist...

Kevin verließ den Raum. Carola sah mich einen Moment wütend an. „Musstest du mit der Geschichte so heraus platzen? Vielleicht hätte ich es Kevin gern alleine gesagt." schnauzte sie mich dann an.

„Du hättest es ihm nie gesagt! Du bist ebenso stolz und verbohrt wie mein Bruder des Herzens." antwortete Geoffrey für mich. Ich hatte anderes zu tun. Ich zog schmerzhaft die Augen zusammen als mein Sohn erneut heftig trat. Sofort war Carola milde gestimmt und beugte sich zu mir. „Was hast du. Warum ist dein Kind nur so unruhig?" fragte sie besorgt und legte ihre Hände besänftigend auf meinen Bauch.

Ich wurde einer Antwort enthoben als Kevin in die Küche gestürzt kam. „Die Kinder! Sie sind nicht in ihren Betten! Weder Timothy noch Lisa noch Benedikt zu finden!" sagte er kurzatmig. Er war den ganzen Weg wohl gelaufen. „Hast du in beiden Kinderzimmern nachgesehen?" fragte Geoffrey besorgt. Kevin nickte nur. „Wir müssen sie suchen! Aus der Burg raus können sie nicht. Dann wäre der Alarm losgegangen." sagte Geoffrey und half mir auf die Beine. „Sieh du in der großen Halle nach. Wir werden die oberen und unteren Stockwerke nehmen." liebevoll küsste er mich auf die Stirn. Er griff in die Vorratskammer und förderte vier Funksprechgeräte hervor. Diese Teile waren nach dem Überfall der Ghosts angeschafft worden. Jetzt war ich dankbar dafür. „Wer sie findet, meldet es den anderen." befahl Geoffrey und reichte jeden von uns eins der Teile.

Ich nickte und machte mich auf den Weg zur Halle. Dort wo die Kinder immer ihren Mittagsschlaf hielten. Vielleicht hatten sie sich dort versteckt. Ich hoffte, sie dort anzufinden. Nicht auszudenken, wenn ihnen etwas passiert wäre. Ich machte mir große Sorgen.

Lisa freute sich so sehr auf mein Baby. Sie konnte es nicht abwarten, meinen Sohn in den Armen zu halten oder ihn im Kinderwagen über den Hof zu schieben. „Dein Baby wird mir gehören. Ich werde mich immer gut um ihn kümmern." hatte sie neulich zu uns gesagt und Geoffrey damit zum Lachen gebracht. Timothy war etwas zurückhaltender. Er war sich nicht sicher, ob unser Kind nicht seinen Platz in meinen Herzen streitig machen würde.

Die Halle lag dunkel und leer vor mir. Kein Kind zu sehen. Hoffentlich hatten die anderen mehr Glück gehabt als ich, dachte ich voller Angst. Ich wollte mich wieder auf den Weg zur Küche machen, als mein Kind erneut austrat. „Willst du mir etwas sagen, Baby?" fragte ich, und plötzlich wusste ich es.

„Krypta"

Das Wort war plötzlich da, es war in meinem Kopf, in meinem Gehirn. Plötzlich wusste ich, wo ich suchen musste. „Na, toll, Baby" schimpfte ich und zog mir die lange Decke von der Matratze. Dort unten war es nun, im Winter, empfindlich kalt. „Muss das sein? Willst du deine arme Mutter jetzt wirklich in die Gruselkammer schicken? Kann das nicht dein Vater übernehmen? Kann ich nicht Geoffrey da hin schicken?" Wieder trat mein Sohn heftig. „Schon gut, schon gut, ich gehe ja!" Mit einer Taschenlampe bewaffnet, die Decke um die Schultern wand ich mich keuchend, meinen Bauch vor mir herschiebend, die lange Treppe herunter. Was war ich froh, wenn mein Kind auf der Welt war und ich wieder schlank...

„Wo bist du!" donnerte Geoffreys Stimme durch das Funksprechgerät und ich verzog mein Gesicht. Mein lieber Mann würde alles andere als beglückt sein, wenn ich es ihm erzählte. Aber was sollte ich ihm sagen? Mein ungeborener Sohn hatte mich zur Krypta geschickt? Wahrscheinlich würde Geoffrey mich dann direkt nach der Geburt zu meiner Mutter stecken. Wahnsinn lag wohl in meiner Familie...

„Ich bin bei der Krypta." sagte ich endlich nach Luft ringend. „Ich vermute die drei dort." Ich hatte die schwere Tür erreicht... sie stand offen!
„Du bist wo???" schrie Geoffrey und ein derber Fluch folgte. „Kannst du selbst hochschwanger nicht eine einfache Anweisung befolgen!!" Er rannte, ich wusste er war auf dem Weg zu mir.
„Geoffrey, ich habe sie gefunden" sagte ich ins Funkgerät. Alle drei Kinder lagen in der Krypta auf dem Boden... Leblos!
Ich eilte zu ihnen und riss alle drei an mich. Was war mit ihnen geschehen? Was war passiert? „Mary, sprich mit mir! Was ist mit den Kindern?" rief jetzt Carola durch das Funkgerät. Ich schwieg, die leblosen Körper der Kinder in den Armen.
Ein Ohrenbetäubender Lärm vor der schweren Eichentür riss mich aus meiner Lethargie. Die Tür schlug zu, Staub, Dreck und kleine Steine flogen durch den Raum. Dann herrschte Stille. Gespenstische Stille.
Es wurde kalt, eiskalt im Raum. Ich nahm die Decke von meinen Schultern und wickelte die kleinen Kinderkörper hinein.
„Die Decke zur Krypta ist eingestürzt." hörte ich Geoffreys Stimme durch das Funkgerät. „Ich komme nicht zu Mary und den Kindern durch!" Ein derber Fluch folgte...
Gespenstische Stille folgte. Das Funkgerät krächzte und gab dann seinen Geist auf. Ich reagierte nicht. Ich saß auf dem kalten Boden, die Kinder in meinen Armen und holte tief Luft. „Gregorius! Du Ausgeburt der Hölle! Was hast du den Kindern angetan! Gregorius! Sag mir was du willst, du Schleimhaufen! Du elende Missgeburt!"
Es wurde noch kälter im Raum, nicht das ich nicht auch so schon fror...
Dann kam er. Gregorius schritt durch die Wand und blieb vor mir stehen. Grinsend sah er auf mich herab. „Jetzt bist du nicht mehr so siegessicher, was Defender? Jetzt weißt selbst du nicht weiter, oder?" sagte er und schnippte mit seinen lächerlich langen Fingern einen nicht vorhandenen Fusel von seiner Jacke. „Du hast Recht. Ich habe die Zwerge. Sie sind im Moment im Zwischenreich. Meine Untertanen warten nur auf mein Zeichen, sich an ihnen gütlich zu tun."
„Was willst du?" fragte ich ihn, obwohl ich ahnte, was er im Austausch von mir wollte.

„Ich will dass du mich begleitest. Komm und hole dir deine Kinder wieder, wenn du dich traust!" Gregorius lachte leise auf, er sah wie ich nachdenkend meine Augen zusammenkniff. „Ich bin schwanger. Ich kann nicht meinen Körper verlassen ohne mein Kind zu gefährden." sagte ich. „Genau das ist der Punkt, Defender. Entweder dein ungeborener Sohn oder die drei hier. Du hast die Wahl. Und nur du. Dein Held in schimmernder Rüstung kann dir nicht helfen. Der Weg zu dir ist ihm versperrt."

Verzweifelt schloss ich meine Augen und öffnete die Tür zu Susan. Sie war sofort präsent. „Was ist los! Geoffrey rief mich gerade an und sagte ich solle mich bei ihm melden, wenn ich etwas von dir hören sollte!" sagte sie zur Begrüßung. "In was für eine Scheiße steckst du nun schon wieder?"

Schnell berichtete ich ihr von meiner Situation. „Ich werde mit Gregorius gehen. Ich kann die Kleinen nicht ihrem Schicksal überlassen." beendete ich meinen Bericht. Susan schrie leise auf. „Pass auf dich auf. Ich werde Geoffrey benachrichtigen." versprach sie.

„Ich bin soweit! Bring mich zu den Kindern!" sagte ich bitter zu Gregorius. Dann trennte ich meinen Körper von meiner Seele und folgte dem König der Ghosts in das Zwischenreich.

Ein merkwürdiges Bild bot sich mir, als ich das Zwischenreich betrat. Lisa und Timothy lagen auf dem Boden. Benedikt, der großartige Benedikt stand vor ihnen. Seine kleinen Hände erhoben, erschuf er ein Schutzschild um die gierigen Ghosts von sich und den anderen fern zu halten. So etwas hatte ich noch nie gesehen...Der kleine Junge hatte eine Schutzblase um sie drei gebildet. Jetzt sah er mich kommen und hob seine kleine Hand. Die Blase öffnete sich etwas, so dass ich hineinschlüpfen konnte. Lisa und Timothy stürzten sich in meine Arme. Ich strich Benedikt bewundernd über den Kopf und umarmte alle drei nacheinander. „Was ist passiert!" fragte ich die Kleinen. „Der Gruseltyp kam. Er zwang uns in den Keller. Dann riss er unsere Seelen von unseren Körpern und brachte uns hierher. Er wusste jedoch nicht, das Benedikt diesen tollen Trick mit der Blase kann!" sagte Lisa schnell. Benedikt nickte ernsthaft. „Das hat mir Onkel Geoffrey gezeigt!" sagte er stolz. „Er sagte, als zukünftiger Hüter müsste ich das können."

Mein Kopf schoss hoch. Geoffrey hatte also schon lange gewusst, dass Benedikt ein Zombie war? Und er hatte es mir verschwiegen?

„Na warte, mein Lieber. Wenn wir uns wiedersehen, kannst du dich warm anziehen!" drohte ich wütend. Jetzt war nur wichtig hier wieder heil raus zukommen. Ich hob meinen Kopf. Gregorius Armee kam näher. Ich merkte, Benedikts Kraft ließ nach. Nur noch in klein wenig, und die kleine Blase würde sich auflösen. Dann waren wir vier den Ghosts ausgeliefert.

„Susan, ich brauche Waffen!" rief ich. Keine Reaktion. Wieder rief ich, keine Antwort...

„Susan kann uns nicht helfen. Gregorius war so schlau, sie auszuschalten" Wie aus dem Nichts stand plötzlich Geoffrey hinter mir. Er beugte sich zu Benedikt und lächelte das Kind liebevoll an. „Das hast du sehr gut gemacht, Kleiner Hüter. Jetzt übernehme ich." Geoffrey hob seine Hände und ein großer Schutzschild erschien. Fauchend wichen die Ghosts wieder zurück.

„Wie kommst du hierher!" schnauzte ich Geoffrey an, die Kinder in meinen Armen. „Bist du etwa beim Versuch, mich zu retten abgenippelt?"

„Du hast dir nie Gedanken gemacht, was das Wort Hüter bedeutet, oder Liebes?" sagte Geoffrey, das Schutzschild aufrecht haltend. „In der ganzen Zeit, nicht ein Gedanke." Er seufzte. „Hüter können, solange sie noch Leben haben, jederzeit in die Zwischenwelt tauchen und Seelen von Lazarus-Kindern suchen. So habe ich damals Lisa gefunden. Wir können zwar hier nicht gegen sie kämpfen, aber ein Schild erschaffen, das die Ghosts fern hält von den Seelen der Kinder. Jetzt bin ich hier um euch zu helfen."

„Gregorius sagte, ich müsse mich zwischen diesen dreien und meinem Baby entscheiden." berichtete ich Geoffrey, der nun laut fluchte. „Ich habe mir so etwas gedacht, als der Gang zur Krypta einstürzte. „Gregorius will verhindern dass unser Sohn geboren wird."

Gregorius erschien am Schutzschild. Er fluchte, als einige Funken seinen eleganten Anzug trafen. „Sehr scharfsinnig, Hü... Hü... Defender! Euer Sohn wird eine sehr große Bedrohung für mein Volk sein. Bald wird der Körper deiner Frau aufhören zu atmen. Die Kälte dort im Keller tut den Rest. Euer Baby hat keine Chance. Und da er nicht geboren wird, kann er nicht wiedererweckt werden." Gregorius verbeugte sich. „Du kannst dein Schutzschild zwar lange aufrechterhalten, Defender. Doch deine Freunde werden den Körper von Mary nie rechtzeitig bergen können. Vielleicht gelingt es Mary zu überleben, doch für euren Sohn kommt jede Hilfe zu spät."

„Gregorius! Du Ausgeburt der Hölle! Du Missgeburt, du wirst nie wieder ein ruhige Minute haben! Ich werde dich jagen und endgültig töten!" schrie ich und erhob mich schwerfällig. „Geoffrey. Lass mich raus! Ich bringe das Scheusal um!" Meine Stimme überschlug sich. Ich schlug auf meinen Mann ein, als dieser nur seinen Kopf schüttelte. „Du müsstest unbedingt zurück in deinen Körper, aber Gregorius und die Ghosts haben den Weg versperrt. Und ohne Susan, die ohnmächtig in ihrem Zimmer liegt, wie Nick sagte, haben wir keine Waffen, uns durch zu kämpfen." sagte Geoffrey verzweifelt. Er wischte sich wütend den Schweiß aus dem Gesicht und fluchte dann. „Gregorius hat an alles gedacht." Geoffrey reichte mir seine Hand und zog mich an sich. Ich weinte leise. Mein Sohn, mein armer, kleiner Sohn, er würde sterben...

„Gruselfresse hat nicht an alles gedacht! Nicht an wirklich alles!" sagte eine dunkle angenehme Stimme hinter uns. Unsere Köpfe flogen herum. Ein großer, dunkel gekleideter Mann mit kupferfarbenem Haar kam auf uns zu. Das Schwert des Lazarus lässig in seinen Händen hin und her schwingend, ein breites Grinsen in seinem Gesicht.
„Wer bist du!" fragte Geoffrey. Argwöhnisch betrachtete er den Mann. Er blieb vor dem Schutzschild stehen und wartete. „Darf ich rein oder muss ich erst eine Nummer ziehen und brav warten bis du mich aufrufst?" fragte der junge Mann und grinste erneut. „Ich bin ein Guter." Er hielt das Schwert des Lazarus in die Höhe. Geoffrey überlegte, dann nickte er. Er erweiterte das Schutzschild um den Mann, der immer näher kam, hinein zu lassen. Er besaß das Schwert des Lazarus und schien uns helfen zu wollen.
„Lazarus!" rief Timothy und hob seine kleinen Hände in die Höhe um den großen Mann zu umarmen. Geoffreys Kopf schoss herum, er verlor kurz seine Konzentration, das Schild flackerte gefährlich. Sofort kam Gregorius wieder näher, er witterte seine Chance, uns anzugreifen. Doch dann stockte er erschrocken. Ich hörte, wie Gregorius laut aufschrie,

als er unseren Besuch wahrnahm. Er zog sich ein ganzes Stück zurück und rief seine Armee zu sich. Der junge Mann grinste und winkte dem König der Ghosts zu. „Hallo, Jerry. Lange nicht gesehen! Warte. Du bist noch nicht dran. Zu dir komme ich gleich!"

„Du kannst nicht hier sein! Das ist unmöglich!" schrie Gregorius. „Du bist tot! Seit 2000 Jahren Tot!" Er fluchte und wand sich wie ein Aal. Der junge Mann grinste und strich Lisa liebevoll über den Kopf.

„Hallo Süße!" sagte er liebevoll. Dann wandte er sich wieder an Gregorius. „Gerade du, Ghostie, solltest wissen... nichts ist unmöglich!" rief er dann grinsend. „Der große Boss da oben war der Meinung, es wird wäre mal wieder an der Zeit dass ich mich blicken lasse." Er hob seinen Daumen und wies nach oben.

„Ich wiederhole! Wer bist du?" sagte Geoffrey nun wütend. Er stabilisierte seinen Schutzschild und ließ den Mann nicht aus den Augen.

„Ganz schön kalt hier! Aber wenn es nicht anders geht." Der junge Mann zog lachend sein Hemd aus den Jeans. Ein großes Lazarus Mal prangte uns entgegen...

Ich betrachtete den jungen Mann genauer. Er grinste und zwinkerte mir zu. Sein Gesicht erinnerte mich an Geoffrey, hatte aber auch Züge von Mirow darin. Sein kupferfarbenes Haar erinnerte mich an Roberto. Ich seufzte laut auf. „Ich werde meinen Sohn also Lazarus nennen? Wirklich? Ist das dein Ernst?" fragte ich dann. Der junge Mann beugte sich zu mir und küsste mich kurz auf die Stirn. Geoffrey knurrte gefährlich.

„Glaube mir Mama. Ich bin darüber auch nicht erfreut. Aber nach diesem Erlebnis hier werden Papa und du mich tatsächlich Lazarus taufen." Er zwinkerte dem völlig verwirrten Geoffrey zu. „Dennis oder Tobias wären mir wesentlich lieber gewesen. Aber nun ja. Man kann es sich nicht immer aussuchen, oder?" Dann wandte er sich zu Geoffrey und grinste über das ganze Gesicht. „Euren Wettstreit werdet ihr trotzdem austragen... Dad, du wirst untergehen wie ein U-Boot." Lazarus lachte leise und zwinkerte mir frech zu.

„Du bist unser Sohn?" fragte Geoffrey als er sich etwas gefangen hatte. „Du bist ein erwachsener Mann. Unser Sohn ist nicht einmal geboren!" Auch er betrachtete den Mann nun genauer. „Als Hüter bin ich einiges gewohnt. Aber so etwas ? Wie ist das möglich!"

„Nun als Sohn zweier Defender verfüge ich über viele Gaben, die nie ein anderer Defender vor mir gehabt hat. Zum Beispiel kann ich hier im Zwischenreich durch die Zeit reisen. Mich zu jeden Zeitpunkt bewegen, den ich will. Ihr habt mir diese Geschichte hier so oft erzählt. Ich wusste schon als kleiner Junge, dass es so kommen musste." Lazarus erhob sich und reckte sich. „Aber damit es so weit kommen kann, muss ich unbedingt geboren werden. Und genau das will Gregorius mit diesem Scheiß hier verhindern. Er weiß, wenn ich geboren werde und heranwachse, er einen ernstzunehmenden Gegner bekommt. Aber dafür müsst ihr alle hier raus und du musst Mamas Körper bergen. Sie hört bereits auf zu atmen. Es wird gefährlich für mich."

Gregorius kam nun wieder näher. „Nicht so ungeduldig, alter Feind! Nun warte doch noch einen Moment, Jerry! Ich werde dir ja gleich den Arsch versohlen!" rief Lazarus. Dann hob er seine Hände. „Timmiboy! Waffen für meine Eltern!" rief er und hielt Sekunden später zwei Schwerter in den Händen, die er an uns weiter reichte. „Ich kann Mary und die Kinder nicht retten! Der Gang zur Krypta ist eingestürzt. Werk von den Ghosts!" sagte Geoffrey und fuhr sich wütend durch die Haare. „Hör zu Dad!" wandte Lazarus sich an Geoffrey, der bei der Anrede leicht seinen Mund verzog. Ich konnte es verstehen. Der junge Mann vor uns war fast gleich alt wie mein lieber Mann.

„Mit 13 Jahren werde ich ziemlich großen Mist machen. Wirklich großen Mist. Mir wird das Wasser bis zum Hals stehen und ihr habt meine Schwimmflügelchen versteckt." Lazarus grinste schief und seufzte. „Ich sage nur so viel, es wird allerhand Ärger auf dich und Mama zukommen. Und dein geliebtes Auto spielt da leider auch eine große Rolle. Wahrscheinlich seine letzte Rolle. Aber egal. Ich werde mich danach in der Krypta verstecken um deinem Zorn zu entgehen. Ich werde dort dann einen Geheimgang entdecken. Er ist unterhalb des großen Wandbildes rechts in der Wand und endet in deinem Büro. Dort ist das gleiche Bild. Du kennst es. Du musst die Steine im Schwert des Lazarus drücken. Der Gang ist ziemlich eng, aber er führt dich direkt in die Krypta." Lazarus legte seine Hand auf Geoffreys Schulter. „Bitte, du musst mir vertrauen. Ich bin wirklich euer Sohn. Aber nur, wenn du mir jetzt vertraust und Mama und die Kleinen, na ja für mich meine großen Geschwister, hier raus bringst."

Endlich nickte Geoffrey. Er sah kurz zu mir, auch ich nickte. Ich vertraute dem jungen Mann, der so viel Ähnlichkeit mit Geoffrey hatte.

„Gut. Also auf geht's Zwerge" sagte Lazarus. Er strich Timothy und Benedikt über den Kopf und küsste Lisa liebevoll auf die Stirn. Timothy kicherte plötzlich laut. Verwirrt sah ich das Kind an. Warum kicherte er? „Lazarus hat soeben seiner Frau den ersten Kuss gegeben." gab Timothy von sich und kicherte erneut. Geoffrey und ich rissen unsere Köpfe herum, Lazarus war hochrot angelaufen. „Wie, wie bitte?" gelang es mir endlich zu stottern.

„Also Timmiboy. Deine Fähigkeit, Gedanken zu lesen wird uns noch so manches Mal den Arsch retten. Aber bis du gelernt hast, Informationen auch mal für dich zu behalten, wird es noch zu manch peinlicher Situation kommen, fürchte ich." sagte Lazarus und verzog sein Gesicht zu einem schiefen Grinsen.

„Zu viel Informationen über die Zukunft sind absolut nicht gut" sagte Geoffrey genervt. Er nahm Benedikt auf den Arm und hob sein Schwert. Lazarus nickte. „Ich halte die Ghosts auf. Leichte Übung für mich, dank deines harten Trainings Dad. Auch wenn ich dich deshalb oft verfluchen werde." Lazarus seufzte. „Bringe du Mama und die Kleinen hier raus. Ich habe ein Tor offen gelassen. Keine Panik, es kommen keine Ghosts dadurch. Es wird sehr gut bewacht, aber beeilt euch. Mama atmet nicht mehr. Es wird gefährlich für mich. "sagte Lazarus. Geoffrey klopfte ihn kurz auf die Schulter, löste den Schutzschild auf und nahm Lisa an die Hand. Ich folgte ihm mit Timothy. Dann warf ich einen kurzen Blick zurück.

Lazarus stand, das Schwert in beiden Händen und grinste breit. „Na komm, Greggy. Ich freue mich darauf, dir den Arsch zu versohlen! Wenn du glaubst, du würdest mich oder meine Familie vernichten, werde ich dir etwas anderes beweisen!" rief er. „Ich schicke dich für 50 Jahre zurück in die Hölle!" Ich sah, wie Gregorius sich auf Lazarus stürzen wollte. Lazarus wich elegant aus. Mein Sohn. Mein erwachsener Sohn stand dort. Mit erhobenem Schwert wehrte er elegant die Ghosts ab. Er schlug zu und die Gruseltypen lösten sich laut schreiend auf.

„Mary konzentriere dich, komm!" befahl Geoffrey streng. Ich drehte mich zurück und folgte Geoffrey. Einige Ghosts verfolgten uns, stellten sich uns in den Weg. Geoffrey schlug um sich, machte uns den Weg frei.

Die Ghosts lösten sich schreiend auf. Dann endlich hatten wir das Tor erreicht. Eine wunderschöne junge Frau mit langen schwarzen Haaren stand dort. Einen wunderschönen glänzenden Degen in den Händen und ein Schild vor sich, wehrte sie Ghosts ab, die versuchten durch das Tor zu schlüpfen. „Hallo Mama, Hallo Dad! Wird aber auch höchste Zeit dass ihr kommt. Hat der liebe Lazzi euch wieder mal mit seinem Gerede aufgehalten? Man kann der reden. Das hat er von dir geerbt Mama. Sagt Dad jedenfalls immer." Die Frau schlug zu, und ein Ghosts löste sich mit lautem Geschrei auf.

„Zum Glück habe ich deine etwas ernste Art geerbt, Dad. Zwei von Lazzis Art wären unerträglich."Wieder holte sie aus und schlug einem Ghosts die Hände ab. Sie hielt den kleinen, sehr feinen Degen in den Händen, den sie elegant schwang.

Konnte es noch verrückter werden? Träumte ich nur? Fragte ich mich.
„Wer bist du?" fragte ich sie verwundert. Die Frau nannte mich Mama..."
Das ist doch... begann Timothy, doch ich legte ihm schnell die Hand auf dem Mund. „Es reicht." bestimmte ich energisch. Es war genug von der Zukunft gesagt worden. Ich war auch so schon verwirrt genug...
„Stimmt!" Geoffrey nickte bejahend. Er strich der jungen Frau über den Kopf. „Danke" sagte er nur. Dann schob er uns an ihr vorbei durch das Tor...

Ich erwachte und schrie, weil irgendetwas mein Atmen erschwerte. Ich schlug um mich. Auf meinem Mund lag eine Atemmaske.
Sofort war Geoffrey bei mir und hielt meine Hände fest. Vorsichtig entfernte er die Maske und küsste mich sanft auf die Lippen. „Endlich weilst du wieder unter den Lebenden. Wurde ja auch Zeit, Süße." sagte er zur Begrüßung.
„Durst" sagte ich brüchig. Geoffrey nickte und reichte mir ein Glas Wasser. „Nicht so schnell, und nur kleine Schlucke." befahl er mir.
„Arschloch" sagte ich nur und trank durstig. Meine Hand fuhr suchend über meinen Bauch und ich fühlte mein Baby. Mein Sohn trat heftig, so als wollte er mich begrüßen. Erleichtert seufzte ich auf. „Man, hatte ich einen heftigen Alptraum. Echt der Horror!" sagte ich grinsend. „Aber

lass mich raten, das war kein Traum, oder?"

Geoffrey streckte sich neben mich aus und zog mich in seine Arme. „Allerdings nicht, Mary Cooper Mc Laine. Es gibt diesen Gang wirklich! Ich habe dich wirklich durch diesen Geheimgang retten können. Kevin und ich sind durch und haben euch alle vier bergen können. Es war wirklich in letzter Sekunde. Du hast nicht mehr geatmet. Unser Mini-Lazarus wäre fast erstickt. Carola hat uns ein Sauerstoffgerät mitgegeben. Ich legte es dir an und dann haben wir dich bis eben künstlich beatmet. Es geht unserem Sohn gut." berichtete Geoffrey mir. „Er ist hart im Nehmen. So wie seine Mutter." Wieder küsste Geoffrey mich liebevoll.

„Dann war der junge Mann dort im Zwischenreich also wirklich unser Sohn? Und wir werden ihn tatsächlich Lazarus nennen?" fragte ich und verzog dabei mein Gesicht. „Er wird ja ein gutaussehender Mann... so wie sein Vater. Aber mit dem Namen wird er einige Hänseleien ertragen müssen." schloss ich kichernd. Wieder nickte Geoffrey. Er grinste. „Er wird dein Mundwerk und dein Selbstbewusstsein erben und sich schon behaupten können, denke ich. Und er wird einmal unsere Lisa heiraten. Ist doch verrückt oder? Und dann die hübsche junge Frau am Tor. Sie hat uns ebenfalls Mama und Dad genannt. Ich denke, die Zukunft hält noch einige Überraschungen für uns bereit, Liebes." sagte Geoffrey.

„Und Timothy wird der Waffenmeister unseres Sohnes werden." setzte ich hinzu. Geoffreys Augenbrauen schossen in die Höhe. „Du hast Recht, daran habe ich überhaupt nicht gedacht." Geoffrey klingelte nach Carola. Ich wusste, sie würde mich untersuchen müssen. „Verrückt wie sich alles fügt, oder?" sagte ich.

Geoffrey küsste mich sanft auf die Stirn. „Stimmt, seit du in mein Leben getreten bist, ist alles etwas verrückt." Dann seufzte er. „Die Zwerge haben keine Erinnerung an die Ereignisse im Zwischenreich, was für ein Glück. Und... Wir sollten alles dass, was im Zwischenreich passiert ist, auch für uns behalten. Es wird uns eh niemand glauben." bat Geoffrey und wartete bis ich nickte. „Sie werden uns höchstens zu meiner Mutter sperren..." sagte ich lachend. „Solange wir ein Doppelzimmer bekommen..." antwortete Geoffrey ebenfalls lachend. Er küsste mich sanft. Dann erhob er sich und lies Carola ins Zimmer...

Epilog

Lazarus wurde am 24. Dezember geboren... kurz vor Mitternacht machte er seinen ersten lauten Schrei. Überglücklich schloss ich meinen Sohn in die Arme. Geoffrey neben mir, strich dem Baby, das bereits jetzt einen roten Flaum auf dem Kopf hatte, liebevoll über das Gesicht. „Unser Lazarus" sagte Geoffrey und Elsa und Mirow hoben verwundert ihre Köpfe bei der Erwähnung des Namens. „Lazarus?!" fragten beide gleichzeitig. Ich reichte Elsa das Baby. Sie schluckte glücklich. Dann drückte Elsa das Baby an ihre Brust und weinte glücklich. „Lazarus. Was für ein passender Name." stimmte sie zu. „Ich denke du hast Recht, Liebes." setzte Mirow hinzu, nachdem er sich etwas gefasst hatte...

Carola nahm Lazarus um ihn zu wiegen und zu untersuchen. Sofort war Kevin an ihrer Seite und hielt die Waage, während sie unseren Sohn vorsichtig ablegte. Carola knurrte ungehalten und entlockte mir ein Lächeln. Beide waren sie geblieben. Waren sie sich die ersten Tage aus dem Weg gegangen, hatten sie jetzt endlich geschafft, ihre Differenzen zu klären. Kevin verbrachte die ganze Zeit mit seinem Sohn, der die Aufmerksamkeit des großen Mannes sichtlich genoss. Carola hatte immer noch Angst. Angst, dass Kevin wieder einfach verschwinden würde. Doch ich wusste, Kevin war gestern Morgen in der Stadt gewesen um ein ganz besonderes Geschenk für Carola zu besorgen. Ich schloss kurz meine Augen um Susan zu sagen, dass alles gut ausgegangen war. Plötzlich wurde es laut im Zimmer. Verwirrt öffnete ich meine Augen wieder. „Mary, Dad schaut mal!" Lisa kam mit Timothy ins Zimmer gestürzt und öffnete die Vorhänge. Dort am Nachthimmel fielen hunderte von Sternschnuppen. Es sah wie ein Feuerwerk aus. Ein Feuerwerk nur für meinen Sohn. Ein wunderschönes Feuerwerk...

Ich lehnte mich zurück und schloss überglücklich meine Augen. Die letzten Stunden waren sehr anstrengend gewesen, aber es hatte sich gelohnt. Ich war Mutter geworden. Mutter eines Kindes dessen Vater ich seit meinem 15. Lebensjahr liebte. All meine Träume, die Träume die ich seit damals gehabt hatte, waren in Erfüllung gegangen. Ich war Mary Mc. Laine. Geoffrey Mc. Laines Frau und Mutter seines erstgeboren Kindes. Wir würden noch mehr Kinder bekommen, das war uns bewusst. Und Geoffrey und ich würden jedes Kind so lieben, wie wir jetzt bereits unseren tapferen Lazarus liebten....

Eines war mir klar geworden... Die Zukunft hielt noch viel für uns bereit. Für mich und meinen Mann. Unser Leben würde bestimmt nie langweilig werden. Ein Abenteuer würde dem anderen folgen. Und ich freute mich darauf...
Geoffreys Hand suchte meine. Er drückte sie sanft. „Was hast du, Geburtstagskind?" fragte er mich leise und erinnerte mich daran, dass ich ja heute auch Geburtstag hatte. Nun ja, wenigstens fünf Minuten lang noch. „Hast du damals, als du mich in dieser schmutzigen Gasse aufgelesen hast, hast du damals geahnt, dass es mal so enden würde mit uns beiden?" fragte ich ihn leise.
„Das hier, das ist kein Ende, Mary Mc. Laine... das ist erst der Anfang." sagte Geoffrey Mc. Laine... mein Ehemann.

Herstellung und Verlag:
BoD- Books on Demand, Norderstedt
ISBN: 9783746005973